우리는 어떤 할머니가 될까요?

윤 성 희

낭아있는 이야기들을 생각하며...
2020. 봄. 강 화 길

꽃처럼 환한 날들 되세요 ...!
박소란

몸도 마음도 건강하게 —

누군가에게 다 못한 말을 생각하며,
2020년 봄. 최은미

모두가 무사한 날들을 기다리며,
2020 봄
손 원평

나의 할머니에게

윤성희　백수린　강화길　손보미　최은미　손원평

나의 ── 할머니에게

다산
책방

차 례

어제 꾼 꿈

윤성희

윤성희

1999년 동아일보 신춘문예에 단편소설 「레고로 만든 집」이 당선되어 등단했다. 소설집 『레고로 만든 집』, 『거기, 당신?』, 『감기』, 『웃는 동안』, 『베개를 베다』, 중편소설 『첫 문장』, 장편소설 『구경꾼들』, 『상냥한 사람』 등이 있다.

1

간밤에 남편이 꿈에 나타나지 않았다. 나는 더 이상 남편의 제사상을 차리지 않기로 했다. 제사 전날 밤이면 남편은 항상 나를 찾아왔다. 지난 10년 동안 그랬다. 꿈은 늘 똑같았다. 현관에서 신발을 벗으며 이렇게 소리쳤다. "나 왔어. 배고파." 나는 냉장고를 뒤져 뚝딱 저녁상을 차렸고, 남편은 강된장에 밥을 비벼 먹었다. 참 달게도 먹어서 꿈을 꾸고 나면 제사 음식을 정성껏 만들 수밖에 없었다. 꿈속에서 남편이 먹은 강된장은 남편이 죽던 날 아침에 먹은 음식이었다. 그날 남편은 늘 그렇듯 아침밥을 먹으며 아들의 욕을 했다. 한심한 놈이라고. 그리고는 내게 강된장이 너무 달다고 했다. "청양고추 좀 넣어봐." 남편이 말했다. 나는 화가 나서 아무 말도 하지 않았다. 당신 아들은 한심

한 게 아니라 운이 없었을 뿐이라고 대꾸하려다 말았다. 그 말
을 하면 남편은 틀림없이 아들과 박 차장을 비교하기 시작할 테
니까. 남편은 철물과 건축 재료를 취급하는 건재상을 운영했는
데, 박 차장은 남편의 가게에서 열아홉 살 때부터 일을 했다. 아
픈 어머니와 돌봐야 할 동생이 셋이나 있다며, 똑똑하고 성실해
서 남 주기 아까운 아이라며, 학교 교장으로 있던 먼 친척이 소
개를 했다. 남편 밑에서 일을 하던 21년 동안 박 차장은 동생들
을 대학 보내고, 결혼을 시키고, 본인도 가정을 이루었다. 대학
을 졸업하고 연이어 취직에 실패를 하자 남편은 아들이 박 차
장 밑에서 일을 배우길 원했다. 아들은 한 달 정도 출근을 했고,
퇴근길에 술을 사 와 방에서 혼자 마시더니, 어느 날부터 방 밖
으로 나오질 않았다. 그때부터 남편은 아침마다 아들의 방문을
향해 한심한 놈이라고 말을 하기 시작했다. 남편은 출근을 하
면 가게 앞에 있는 구둣방에 들러 커피를 마시며 장기를 두었
다. 하루에 한 판. 남편과 구둣방 사장은 매일매일의 승패를 구
둣방에 걸려 있는 달력에 적어두었고, 매달 말에 더 많이 진 사
람이 상대방에게 술을 샀다. 남편은 그날을 꽤 좋아했다. 한 달
에 한 번. 남편이 유일하게 만취하는 날이었고 그래서 나도 웬
만하면 콩나물국이나 북엇국 같은 해장국을 끓여주려고 노력했
다. 브레이크가 고장 난 트럭이 구둣방을 덮쳤다. 남편은 구조대
가 오기 전에 죽었고, 구둣방 사장은 응급실에서 보름을 버티다

죽었다. 남편이 왜 꿈에 나오지 않았을까 생각해보니 아무래도 지난 추석에 왔던 게 분명하다. 그때 내가 자식들에게 한 소리를 한 걸 들은 것이다. 이럴 거면 제삿날 오지도 말라고 말했다. "아버지 제사는 내가 알아서 하마. 그리고 나 죽으면 제사도 지내지 마라." 그 말 때문인지, 아파트를 팔자는 말을 거절해서인지, 암튼 딸과 아들은 그 뒤로 지금까지 연락을 하지 않았다. 그러거나 말거나. 아침을 차리기 귀찮아서 남편의 제사상에 올릴 생각으로 아껴두었던 곶감을 꺼내 먹었다. 생각보다 달지 않았다. "섭섭해하지 마. 이젠 내 밥 챙기기도 귀찮으니까." 나는 허공에 대고 말을 했다.

10시 10분에 출발하는 복지회관 셔틀버스를 타고 수영을 하러 갔다. 지난주에 몸살 기운이 있어서 못 갔더니 몸이 찌뿌둥했다. 개헤엄으로 레인을 왕복하고 나니 숨이 찼다. 요즘 들어 자꾸 오빠 생각이 났다. 내게 수영을 가르쳐주고, 썰매를 만들어주던 오빠. 군대에 가기 전 오빠는 허수아비를 세워놓고 나와 여동생에게 발차기를 가르쳤다. "내가 없는 동안 남자애들이 괴롭히면 여기 가운데를 걷어차라." 오빠는 말했다. 정말 오빠가 알려준 대로 했더니 그 후로 동네 남자애들이 나와 동생을 놀리지 않았다. 나는 그 이야기를 적어 편지를 보냈다. 오빠가 그 편지를 받았는지는 모르겠다. 군대는 오빠의 유해 말고 아무것도 돌려주지 않았다. 11시가 되어가자 아쿠아로빅 회원들이 하나둘씩 모여들었다. 지난번 강사는 중간중간에 어머님, 더 활기차게! 어머님, 더 신나게! 이렇게 추임새를 넣어주어 좋았는데 이번 강사는 호루라기만 불어댔다. 게다가 꼭 5분씩 일찍 끝냈다. 구내식당에서 밥을 먹는데 누군가 그 이야기를 꺼냈다. 5분이 별것 아닌 것 같지만 한 달이면 그게 얼마냐고. 한 달에 삼만 원밖에 안 하는데 뭘 그렇게 빡빡하게 구나 싶었다. 강사에 대한 이야기가 나오자 다들 이런저런 불만을 말하기 시작했다. 동작도 너무 어려운 것만 한다고. 인사를 할 때도 고개만 까딱거린다고. 그러면서 모두들 지난번 강사가 좋았다고 말했다. "우리 며느리, 보고 싶네." 맞은편에서 밥을 먹던 여자가 말했다. 그게 지난번 강사의 별명이었다. 우리 며느리. 딸만 넷이 있는 현자 씨는 그 별명을 부르는 걸 질색했다. 자세히 말은 안 했지만 시집살이를 꽤 고되게 한 눈치였다. 현자 씨는 자기 이야기도 잘 하지 않았고 남의 뒷말도 잘 하지 않았다. 그런데도 조잘조잘 재미있게 말을 참 잘해서 같이 있으면 기분이 좋았다. 형편이 넉넉하지 않은 눈치였는데도 푼돈을 가지고 궁색맞게 굴지 않았다. 우리는 구연동화 수업도 같이 들었다. 언젠가 손주가 생기면 쓸데가 있을 거라고 현자 씨가 내게 권했다. 현자 씨는 손주가 다섯이나 있었다. 지난 크리스마스에 현자 씨가 내게 양말을 선물해주었다. 발목에 눈사람이 그려진 양말 두 켤레였다. 자기는 양말을 사면 늘 똑같은 양말을 두 켤레씩 산다고 내게 말했다. 그래야 한 짝이 구멍 나도 나머지 한 짝을 쓸 수 있다고. 그러면서 둘째 딸이 같이 살자고 해서 이사를 가게 되었다고 했다. 드디어 매일 밤 손자 손녀들에게 동화를 읽어줄 수 있다며 웃었다. 현자 씨가 이사를 간 뒤 나는 구연동화 수업을 그만두었다. 그 수업을 듣는 사람들 중에서 읽어줄 손주가 없는 사람은 나 하나밖에 없었다.

　점심을 먹고 자판기 커피를 한 잔 마신 다음 물리치료실에 가서 찜질을 했다. 그리고 3시에 출발하는 셔틀버스를 탔다. 집을 지나쳐 다음다음 정거장에서 내렸다. 거기 마트는 삼만 원어치만 사도 배달을 해주었다. 저녁 밥상에 술을 한 잔 올릴 마음으로 백화수복을 한 병 샀다. 술만 올리기 섭섭해 동태전이라도 부칠까 해서 수산물 코너에 갔더니 오늘 물 좋은 아귀가 들어왔다며 권했다. 수산물 코너에서 일하는 청년이 싹싹하게 이모님이라고 불러주어서 아귀 한 마리를 샀다. 남편은 동태전을 그다지 좋아하지도 않았다. 삼만 원에 이천삼백 원이 모자라서 사리곰탕면도 샀다. 다른 라면은 먹으면 속이 거북한데 이상하게 그 라면만 괜찮았다. 조금 걷고 싶어서 일부러 후문 쪽으로 돌아 걸었다. 후문 앞에는 코끼리유치원이라고 유치원이 하나 있었다. 언젠가 봄에 거기서 동시 발표 대회를 한 적이 있었는데, 그 앞을 지나가다 우연히 플래카드를 보고 구경을 갔었다. 앞니가 빠진 아이들이 한 명씩 나와서 동시를 읽었다. 첫 번째 아이는 음식 이름을 나열하다가 마지막에 맛있다, 라고 외치고 들어갔다. 어떤 아이는 똥을 싸는 동생이 바보 같다고 썼다. 어떤 아이는 발가락에 대해 썼다. 아빠랑 나는 발가락이 닮았어요. 하지만 냄새는 안 닮았어요. 사람들이 웃었는데 나도 모르게 눈물이 났다. 가장 마음에 드는 구절은 이거였다. 비가 오면 손가락을 벌려요. 그 사이로 비가 지나가게. 그 후로 비가 오면 나는 창밖으로 손바닥을 내밀고 한참 서 있어보곤 했다. 손가락 사이로 비가 지나가는 걸 상상하면서. 유치원은 없어졌고 그 자리에 갈치조림집이 생겼다. 유치원이 없어진 게 속상해서 어떤 일이 있어도 갈치조림집은 가지 않겠다고 결심했다. 집에 왔더니 배달시킨 물건이 현관 앞에 놓여 있었다. 한라봉도 한 상자 놓여 있었다. 박 차장이 보낸 거였다. 남편의 가게를 인수해서 이제는 사장이 된 박 사장은 해마다 남편의 기일이면 과일을 보냈다. 저놈이 큰아들이었으면. 언젠가 남편이 그렇게 말한 적이 있었다. 월세도 따박따박 보내니 박 사장이 자식보다 나았다. 아귀찜을 만들면서 동시를 한 편 지어보았다. 내 이름은 아귀. 귀엽지는 않아요. 맛있지요. 한 번 더 중얼거려보니 너무 유치해서 얼굴이 화끈거렸다. 아귀찜은 처제가 잘하는데. 남편은 어쩌다 아귀찜을 먹을 때면 꼭 그 말을 했다. 여동생네가 처음으로 집을 마련해서 집들이를 하던 날이었다. 그날 먹은 음식이 아귀찜이었다. "갈비찜도 아니고 이게 뭐야." 남편이 농담을 했다. 그러고는 그 말이 미안했던지 남편은 아귀찜을 게걸스럽게 먹었다. 입고 있던 흰 셔츠에 양념이 튈 정도로. 그 모습을 보며 동생은 말했다. "형부, 이제 자주 해줄게요." 하지만 그 말은 지켜지지 않았다. 저녁이 되도록 딸과 아들한테 전화가 오지 않았다. 나는 아귀찜에 백화수복을 마시면서 그러거나 말거나, 하고 중얼거렸다. 그런데 잠을 잘 때 나도 모르게 욕이 나왔다. 나쁜 새끼들. 그 욕을 들어서일까? 그날 밤 남편은 딸의 꿈에 나타났다. 아들의 꿈에도. 그리고 여동생의 꿈에도.

2

딸은 꿈속에서 젊은 아버지의 손을 잡고 수영을 배웠다. "옳지, 옳지." 앞으로 나아갈 때마다 아버지가 말했다. 꿈속에서 딸은 꽃 장식이 달린 수영 모자를 쓰고 있었다. 딸은 독립을 할 때 가족 앨범에서 그 수영 모자를 쓰고 찍은 사진을 꺼내 갔다. 딸이 일곱 살 때였다. 수영장 입구에서 나는 딸에게 수영 모자를 사주었다. 나와 눈도 마주치지 않던 아이였지만 모자를 하나 골라보라니까 웃었다. 나는 그게 신호인 줄 알았다. 나한테 마음을 열 거라는. 하지만 그런 일은 일어나지 않았다. 그날 딸은 수영장에 빠져 죽을 뻔했다. 40년이 지났지만 딸은 그 사실을 지금까지 아무에게도 이야기하지 않았다. 남편이 딸의 꿈에 찾아간 것은 새벽 3시쯤이었다. 딸은 3시 10분에 깨어서 가만히 두 손을 바라보았다. 방금 전까지 누군가 자신의 손을 잡고 있었던 것처럼 느껴졌다. 따뜻했다. 한참을 그러고 있다가 옷을 입고 밖으로 나왔다. 딸은 담배를 한 대 피우면서 걸었다. 그러면서 담배 피우는 걸 들켰던 스무 살 무렵의 어느 밤을 생각했다. "공부가 힘드니." 아버지는 그 말 한마디만 했다. 딸은 담배 한 대를 피울 만큼 걸어갔다가 다시 한 대를 피우며 돌아왔다. 오피스텔 일층에 있는 편의점에서 머리를 짧게 깎은 청년이 라면을 먹고 있었다. 딸도 편의점에 들어갔다. 라면을 먹을 생각이었는데, 맥주와 치킨 한 조각을 사고 말았다. 그리고 라면을 먹는 청년 옆에 앉아서 맥주를 마셨다. 한 모금을 마시니 갑자기 추워지면서 몸이 떨렸다. 양말을 신고 올걸. 딸은 양말 신는 걸 싫어했다. 내가 딸에게 가장 많이 한 말도 아마 양말 좀 신어라, 일 것이다. "그거 한 모금만 주면 안 돼요?" 옆에 앉은 청년이 딸에게 말을 걸었다. 청년은 맨발에 슬리퍼를 신고 있었다. 발뒤꿈치가 까맸다. 돈이 없어 보여 한 캔 사주겠다고 말하자 청년이 고개를 저었다. "못 사요. 미성년자거든요." 딸은 자리에서 일어나 캔 맥주 하나와 캔 커피 하나를 샀다. 그리고 캔 커피에 있는 커피를 빈 컵라면 그릇에 버리고 거기에 맥주를 부었다. 그걸 청년에게 주었다. 둘은 말없이 맥주를 마셨다. 눈이 왔으면

좋겠다고 청년이 중얼거리자 거짓말처럼 눈이 내리기 시작했다. 둘은 가만히 눈을 구경했다. 그러다 불쑥 딸이 청년에게 물었다. "수영할 줄 알아요?" 청년이 고개를 저었다. 딸은 청년에게 일곱 살 무렵에 수영장에서 죽을 뻔한 이야기를 들려주었다. "어떤 아저씨가 구해줬어요. 정신을 차린 다음 아빠를 찾았는데, 아빠가 새엄마를 보며 웃고 있더라고요. 아버지가 미웠는데, 아버지를 미워하는 대신 새엄마를 미워하게 되었어요." 딸의 말을 듣고 있던 청년이 맥주 한 캔을 더 사줄 수 있냐고 물었다. 딸은 안 된다고 말했다. 그러자 청년이 자리에서 일어났다. "수영을 배우세요. 저도 그럴까 해요." 딸은 집으로 돌아와 다시 한번 꿈을 꾸길 기도하며 잠이 들었다. 하지만 꿈은 꾸지 않았고, 옳지, 옳지, 하며 잠꼬대만 했다.

그 시각 남편은 아들의 꿈속에 들어갔다. 아들은 꿈속에서 늙은 아버지와 등산을 갔다. 아들은 아버지의 뒤통수를 보며 걸었다. 둘은 오르막길을 계속 올랐다. 꿈속이었지만 숨이 찼다. "그만 가요." 아들은 말했다. "조금만. 조금만." 아버지가 말했다. 마침내 정상에 오르자 아버지는 배낭을 내려놓았다. 거기서 돗자리를 꺼냈다. 그리고 보온병과 컵라면도 꺼냈다. 컵라면이 익기를 기다리면서 둘은 말없이 구름을 바라보았다. 구름은 선명했다. 누군가 일부러 하얀색으로 색칠을 한 것처럼. 아들은 국물부터 마셨다. 아버지는 면부터 먹었다. 후루룩후루룩 소리를 내며. 소주 한잔 마셨으면. 아들이 그 생각을 하자마자 아버지가 배낭에서 소주 한 병을 꺼냈다. 둘은 소주 한 잔을 마시고 국물을 마셨다. 그리고 면을 먹었다. 아들도 일부러 후루룩후루룩 소리를 내었다. 소주 한 병을 비울 동안 둘은 아무 말도 하지 않았다. "가자." 아버지가 말했다. 둘이 자리에서 일어나자 바람이 불었다. 돗자리가 휙! 아들은 돗자리가 멀리멀리 날아가는 것을 보았다. 마법 양탄자처럼 돗자리는 날아갔다. 아들은 그 돗자리 위에 어린 자신이 앉아 있는 것을 보았다. 그 아이가 손을 흔들었다. 꿈에서 깬 아들은 아버지와 단둘이 술을 마셔본 적이 없다는 사실을 깨달았다. 아들은 세 달 전에 헤어진 여자 친구에게 메시지를 남겼다. "자요?" 그러자 한참 후에 답이 왔다. "시간이 몇 시인데. 당연히 자죠." 아들은 전화를 걸었다. 벨이 다섯 번 울린 다음 여자가 전화를 받았다. 헤어진 여자 친구에게 아들은 어렸을 때부터 자신을 따라다니는 어떤 유령에 대한 이야기를 해주었다. 일곱 살 무렵이었다. 아들은 누나한테 자기 생일에 지렁이 모양의 젤리를 사달라고 했다. 그러자 누나는 우리 엄마가 널 낳다가 죽었다고 말했다. 그러니 앞으로 생일날은 좋아하는 음식을 먹지 말라고. 며칠 후 아들이 다니는 유치원에서 사고가 났다. 놀이터에서 숨바꼭질을 했는데 그만 한 아이가 정화조 구멍에 빠지고 만 것이다. 그날 오전 정화조 청소를 했던 업체 직원은 경찰 조사 과정에서 정화조 뚜껑을 제대로 닫았다고 말했다. 아이가 일부러 그곳에 숨은 것이라고 주장했다. "그날 제가 그 아이를 놀렸거든요. 똥 냄새 난다고. 그런데 그 아이가 죽은 후 계속 저를 따라다녀요." "그 아이 이름이 뭐예요?" 여자가 물었다. "명호요, 이명호." 그 말을 들은 여자가 아들에게 말했다. 앞으로 그 아이가 따라오기 전에 먼저 말을 걸어보라고. "자신이 없어요. 그러니 저 같은 놈하고 헤어지길 잘했어요." 그렇게 말하고 아들은 전화를 끊었다. 한참 후에 메시지 하나가 도착했다. "저도 지렁이 젤리 좋아했어요." 아들은 그 메시지를 한참 들여다보았다. 그리고 이렇게 중얼거렸다. 명호야, 너는 뭘 좋아했니?

아들의 꿈에서 빠져나온 남편은 나를 찾아오지 않았다. 대신 내 여동생의 꿈에 들어가 사과를 했다. 동생네는 어렵게 마련한 집을 1년 만에 날렸다. 동생의 남편은 충격으로 쓰러졌다가 일어났지만, 그 후로 오른쪽 다리와 팔을 못 쓰게 되었다. 말도 더듬게 되면서 집 밖으로 나가지 않았다. 한번은 지팡이를 짚고 남편에게 찾아와 돈을 빌려달라고 했는데 남편이 거절했다. 부모님이 돌아가시는 바람에 중학교도 졸업하지 못하고 열네 살때부터 일을 시작해야 했던 남편은 돈에 인색했다. 그 일로 섭섭했는지 동생네는 우리와 연락을 끊었다. 어쩌다 친척들의 결혼식이나 장례식에서 만나도 말 한마디 건네지 않았다. 남편은 꿈속에서 처제에게 사과를 했다. "그렇게 찾아온 박 서방한 테 겨우 짜장면을 사주었어. 택시 타고 가라며 겨우 만 원을 주 었어." 그러면서 남편은 이런 고백을 했다. 박 서방의 장례식을 마친 뒤 가게로 돌아와보니 구둣방 주인이 바뀌어 있었다고. 구 둣방 남자는 다리를 절어서 지팡이를 짚고 다녔다. 젊을 때 공 사장에서 일을 하다 삼층에서 추락을 했다는 거였다. 구둣방 남 자를 볼 때마다 남편은 돈을 빌리러 왔던 박 서방이 자꾸 떠올 랐다. 택시를 타라고 했지만 괜찮다며 버스 정류장까지 걸어가 던 뒷모습이. 그래서 남편은 구둣방 남자와 매일 장기를 한 판 두었다. 죄책감이 들 때마다 일부러 져주었다. "그게 무슨 연관 인지 모르겠지만, 암튼 거기서 장기를 두다 죽었으니 용서를 해 줘." 남편이 말했다. 동생은 용서해주지 않았다. 꿈속에서 깨어 나보니 베개가 젖어 있었다. 형부 때문이 아니에요, 동생은 젖 은 베개를 보고 중얼거렸다. 그리고 부엌으로 가서 아침밥을 하 기 시작했다. 달걀찜을 하고 비엔나 소시지에 칼집을 내서 문어 모양이 되도록 볶았다. 동생은 싱크대 앞에 서서 어제 먹다 남 은 뭇국에 밥을 말아 먹었다. 그리고 작은방으로 가서 자고 있 는 손녀에게 뽀뽀를 했다. "너무 늦게 일어나지 말고. 냉장고에 장조림도 있어." 손녀가 잠결에 응, 응, 하고 대답했다. 동생은 어묵 공장에서 일을 했다. 남편이 쓰러진 뒤부터 다니기 시작 해서 이제는 최고참이 되었다. 작년 여름에는 반장으로 승진도 했다. 어묵 공장이라서 점심에는 다양한 어묵 반찬들이 나왔다. 동생은 먹어도 먹어도 질리지 않는 걸 보니 어묵 공장에서 일하는 게 체질인 것 같다며 농담을 했다. 점심을 먹은 다음 몇몇 여자들이 탁구를 쳤다. 하얀색 공이 왔다 갔다 했다. 동생은 일부러 고개를 좌우로 움직여가며 탁구 시합을 구경했다. 그렇게 고개를 움직이다 보니 담이 올 것 같았다. 오후에는 핫바를 만들었다. 치즈가 들어간 핫바. 깻잎이 들어간 핫바. 게맛살이 들어간 핫바. 여동생은 퇴근길에 치즈 핫바와 게맛살 핫바를 직원가로 구입했다. 집에 돌아와 보니 소시지는 다 먹었고 달걀찜은 반쯤 남아 있었다. 식탁도 깨끗이 닦고 설거지도 해놓아서 동생은 손녀의 엉덩이를 두드려주었다. "우리 착한 강아지." 그러자 손녀가 멍멍, 하고 짖었다. 동생은 핫바에 케첩을 뿌려 손녀에게 주었다. 손녀가 먹는 걸 보다 다시 형부가 꿈에 나타난다면 용서를 해주리라고 생각했다. 하지만 다시 꿈에 나타나지 않았고 그래서 대신 그 말을 전하러 나를 찾아왔다.

3

여동생이 초인종을 눌렀을 때 나는 화장실 변기에 앉아 있었다. 집에 찾아올 사람이 없었으므로 나는 일어나지 않았다. 자식들은 비밀번호를 알고 있으니까 초인종을 누를 일이 없을 테고. 그러다 문득 이참에 비밀번호를 바꿔버려야겠다는 생각이 들었다. 혼자 사는데 방 세 개짜리 집이 뭐가 필요하냐고 했던 아들의 말이 떠올랐다. 나쁜 놈. 그렇게 중얼거리자 토끼 똥만큼 똥이 나왔다. "아버지 보험금도 다 민구 줬잖아요. 저도 집은 양보 못 해요." 딸의 말도 떠올랐다. 나쁜 년. 그러자 토끼 똥만큼 똥이 또 나왔다. 초인종이 또 울렸다. 나는 계속 변기에 앉아 있었다. 한 20분이 지났을까. 동생이 현관문을 두드렸다. "언니, 나야." 내가 문을 열자 동생이 보기 싫어서 일부러 안 열어주었냐고 물었다. "변비야." 나는 화장실 쪽을 보면서 대답했다. 동생은 우리 집에 자주 드나드는 사람처럼 신발을 벗고 부엌으로 걸어갔다. 그리고 물을 마셨다. 물을 자주 마셔, 그러면 변비에 안 걸려, 라고 말하려는 듯이 벌컥벌컥 마셨다. 컵을 내려놓으면서 동생이 아주 빠른 속도로 말했다. "미안해. 그리고 용서해줄게." 나는 뭐가 미안하고 뭘 용서한다는 말인지 알아듣지 못했다. 갑자기 찾아와서 이게 무슨 짓이냐고 화를 내려는데 동생이 마저 말을 했다. "형부가 꿈에 찾아왔거든." 그 말을 듣는 순간 나도 모르게 이런 말이 나왔다. "죽었으면 가만히 있지. 주책맞게 왜 거길 찾아가고 그러냐." 내 말에 동생이 웃었다. 동생이 웃는 걸 보다 나도 웃었다. 나는 동생에게 이제 남편의 제사상을 차리지 않기로 했다고 말해주었다. "살아 있을 때 그만큼 밥상 차려주었으면 된 거 아냐? 이제 내 밥 챙기기도 귀찮은데."

내 말에 동생이 맞아, 맞아, 맞장구를 쳤다. 겁이 많아서 화장실을 갈 때면 꼭 같이 가주어야 했던 동생. 밖에 서 있으면 화장실 안에서 언니 멀리 가지 마, 하고 말하던 동생. 나는 일부러 대답을 하지 않아 동생을 울리곤 했다. 그런 동생이 흰머리를 하고 내 앞에 서 있었다. "염색 좀 해라." 나는 동생에게 말했다. 동생은 내가 타준 생강차를 후후 불어 마시더니 집에 간다고 일어났다. 저녁 먹고 가라고 했더니 그제야 아파트 놀이터에 손녀를 두고 왔다는 말을 했다. "언니가 나 내쫓을까 봐 같이 안 들어왔어. 우리 손녀한테는 그런 모습 보이기 싫어서." 동생과 같이 놀이터에 가보니 예쁜 여자아이가 그네를 타고 있었다. "지후야." 동생이 부르자 아이가 달려와 동생의 품에 안겼다. 남편의 장례식장에 동생은 아들 정국이를 데리고 왔다. 동생은 조문만 하고 금방 돌아갔지만 조카는 사흘 내내 빈소를 지켰다. 그때 조카가 조만간 아이가 태어난다고 말했다. 오늘내일한다고. 그래서 아내랑 같이 못 왔다고. 그때 태어났으니 열한 살이 되었을 것이다. "아빠 닮았네." 내가 말하자 지후는 그렇다는 말을 많이 듣는다고 대답했다. "그런데 성격은 안 닮았어요." 야무지게 말하는 게 정국이보다는 제 할머니를 더 닮은 것도 같았다.

뭘 먹고 싶냐고 했더니 동생이 중국 음식이나 시켜 먹자고 했다. 밥 챙기기 귀찮다고 말한 거 잊었냐며. 탕수육 하나와 볶음밥 하나 그리고 짜장면 하나를 주문했다. 탕수육을 한 점 먹고는 동생이 맥주도 한잔하자고 했다. 나는 맥주는 없고 남편이 죽기 전에 담가둔 인삼주가 있다고 말했다. "그것도 좋지." 동생은 인삼주를 한 잔 마시고는 탕수육을 두 점 먹었다. 그리고 또 한 잔. "잘 마시네." 내가 말하자 동생이 어묵 공장에 다니면서 술이 늘었다고 했다. 퇴근 후 공장 식당에서 직원들이랑 자주 한잔을 한다고. 갓 찐 어묵이랑 술을 마시면 그렇게 맛있을 수 없다고. 저녁을 먹고 동생이랑 드라마를 봤다. 신분을 속이고 부잣집 며느리가 된 여자가 그 집 운전기사에게 정체를 들켰다. "저런 나쁜 년." 며느리가 운전기사를 죽이려 하자 동생이 욕을 했다. 드라마인데 뭘 욕까지 하나 싶었다. 식탁에 앉아서 학습지를 풀던 지후가 다 했는지 필통에 연필을 넣었다. 여동생네 집들이를 갔을 때 정국이는 중학생이었다. 처음으로 침대를 가져보았다며 정국이가 웃었다. 공부는 못해도 착한 아들이지, 라고 제부가 말해서 다 같이 웃기도 했다. 착하면 된 거야, 착하면 된 거야. 그렇게 추임새를 넣어가며. "할머니 공기 해도 돼?" 지후가 물었다. 동생이 해도 된다고 말하자 지후가 필통에서 공깃돌을 꺼냈다. 지후는 죽지 않고 50년을 채웠다. "할머니 닮았구나. 네 할머니도 진짜 잘했거든." 어릴 적에 동생은 동네에서 공기놀이를 가장 잘하는 아이였다. 아무도 동생을 이기지 못했다. 지후가 제 할머니에게 공기를 건네주었다. 동생은 3단에서 죽었다. 다시 했는데 이번에는 꺾기에서 실패했다. "너무 가벼워."

동생은 변명을 했다. 자기는 진짜 돌로 해야 잘한다고. 지후가 다시 공기를 시작했다. 100년을 넘겼다. "누가 공기라는 이름을 지었을까?" 나는 동생에게 물었다. 동생이 자기는 그 말보다 숨바꼭질이라는 말이 더 이상하다고 했다. 도대체 그렇게 어려운 이름을 누가 생각해냈을까? 지후가 2단에서 공깃돌을 떨어뜨릴 뻔했다. 공깃돌이 손톱에 맞고 튀어 올랐는데 팔을 뻗어 다시 잡았다. 그 순간 나랑 동생이 동시에 외쳤다. "콩." 지후도 따라서 외쳤다. "콩." 지후가 다음 3단을 할 때 공깃돌을 머리 위까지 던졌다. 우와. 내가 감탄을 하자 지후가 말했다. "이게 백두산이에요." 그러고는 4단을 할 때는 공깃돌을 천장에 닿도록 높게 던졌다. "이건 뭐게요?" 지후가 물었다. 내가 백두산보다 높은 산이라고 대답했다. "그러니까 그게 뭐냐고요." 지후의 말에 동생이 대꾸했다. "그거 있잖아. 늘 눈이 쌓여 있는 산." 이름이 생각날 듯 생각날 듯 했다. "아, 알아. 알아." 나는 그렇게 대답했다. "에베레스트요." 지후가 말했다. "그래, 그거. 그거 말하려 했어." 내가 말했다.

눈이 내렸다. 길이 미끄러우니 내일 가라고 붙잡았다. "우리 나이엔 넘어지면 끝이야. 알지?" 내 말에 동생이 그러겠다고 했다. 지후는 민구의 방에서 잠을 자겠다고 했다. 보일러를 오랫동안 돌리지 않아 춥다고 안방에서 다 같이 자자고 했더니 혼자

자고 싶다는 거였다. 보일러 온도를 올리고 이불을 하나 더 덮
어주었다. 나는 동생이랑 같이 누웠다. "자?" 한참 시간이 지난
다음에 동생이 물었다. "아니." 내가 대답했다. 동생이 옆집에
살던 홍이네 기억나냐고 물었다. 홍이네. 형제들 이름이 모두
홍으로 끝나서 우리는 홍이네라고 불렀다. "글쎄 내가 정홍이
를 봤잖아. 작년 가을에 공장 사람들이랑 단풍놀이를 갔다가 오
리탕집에 갔는데, 거기서 일을 하고 있더라고." 정홍이는 홍이
네 이남 삼녀 중 막내였는데, 동생이랑 나이가 같아서 우리 집
에 자주 놀러 오곤 했다. "모른 척했어. 나보다 다섯 살은 더 늙
어 보이더라고. 근데 걜 보니까 이런 생각이 들더라. 어쩌면 우
리 인생이 이렇게 돼버린 게 홍이네 엄마 때문이 아닐까 하는."
오빠가 군대에 가고 몇 달이 지나지 않았을 때였다. 그해 여름
엔 가뭄이 심했는데, 논에 물을 대다가 마을 사람들끼리 싸움이
났다. 논이 위아래로 붙어 있었던 우리 집과 홍이네가 가장 심
하게 싸웠다. 술에 취하면 성질을 다스리지 못하는 아버지가 홍
이네 아버지를 때렸다. 홍이네 아버지가 맞으면서 논두렁 아래
로 굴러떨어져 허리를 다쳤다. 그러자 홍이네 어머니가 집으로
찾아와 치료비를 내놓으라고 했다. 돈이 없으면 소라도 내놓으
라고. 마루에서 막걸리를 마시던 아버지가 마당에 술을 뿌렸다.
말도 안 되는 소리 말라고. 그러자 홍이네 어머니가 저주의 말
을 퍼부었다. "홍이네 엄마가 예지몽도 잘 꾸고 그랬잖아. 반무

당이라고. 그런 여자가 저주를 했으니 오빠가 죽은 거야." 오빠
만 살아 있었다면 나를 그런 집으로 시집 보내지는 않았을 것
이다. 동생도. 그 후 아버지는 늘 술만 마셨다. 그리고 매일 홍
이네로 가서 소리를 질렀다. 내 아들 내놓으라고. "언니, 나는
아버지가 무섭고 징그러웠어. 그래서 정국이 아빠랑 결혼한 거
야. 맹탕이라 문제였지만." 아버지의 눈은 늘 빨갰다. 나는 그게
싫었다. "그래서 나도 도망친 거야." 내가 결혼을 한 집에는 아
버지 같은 남자가 둘이나 있었다. 친정으로 돌아간 날 비가 억
수같이 내렸다. 남편이 죽자마자 아이를 버린 년이라고 어머니
는 날 욕했다. 그러거나 말거나. 나는 아궁이에 장작을 가득 넣
고 불을 땠다. 그리고 찐 고구마를 들고 방에 들어가 사흘을 자
다 먹다 자다 먹다 했다. "언니. 민홍이 오빠가 언니 좋아했던
거 알아?" 민홍이 오빠는 홍이네의 둘째 아들이었다. 내가 개울
가에서 헤엄을 칠 때면 물속에서 내 발을 잡아당기곤 했던 오
빠. 동네에 수재라고 소문이 났던 오빠. "언니한테 전해달라고
편지를 줬는데 내가 집에 오다가 버린 적이 있거든. 그 오빠도
잘 안되었나 봐. 사업 실패하고 빚쟁이들 피해 다니다 죽었다는
소문을 들었어." 그날 밤, 동생은 꿈을 꾸었다. 남편이 고맙다며
홍시 두 개를 주었다. 동생은 그 홍시를 먹었다. 달았다. 홍시를
다 먹자 남편은 내게 전해달라며 딸과 아들의 이야기를 들려주
었다.

아침으로 누룽지나 끓여 먹자고 했더니 동생이 오늘이 지후 생일이라고 했다. 미역은 있는데 고기가 없다고 했더니 말린 새우라도 넣자고 했다. 미역을 참기름에 오래 볶다가 새우를 넣고 끓였다. 간을 봤더니 그럭저럭 먹을 만했다. 오래간만에 흰 쌀밥을 했다. 지후를 깨웠더니 자리에서 일어나 침대를 정리했다. 딸도 저랬다. 자고 난 이부자리를 곧장 정리했고 자기 속옷은 자기가 빨았다. 나는 그 반듯함이 섭섭했고 가끔 마음을 다치기도 했다. 그때마다 나는 벌을 받는 거라고 생각했다. 친딸을 버렸으니 이 정도는 감수해야 한다고. 아침을 먹은 다음 나는 지후에게 가지고 싶은 거 있으면 말해보라고 했다. "이모할머니가 한 번도 생일 선물을 못 사줬으니 이번에 큰 거 하나 사줄게." 내 말에 지후가 고개를 저었다. 그래도 내가 말해보라고 했더니 지후가 제 할머니를 쳐다보면서 조심스럽게 말했다. "이모할머니랑 그거 해도 돼요?" "그게 뭔데?" 내가 묻자 지후가 마녀할머니 놀이라고 대답했다. "생일날마다 할머니랑 그걸 하거든요." 내가 동생에게 마녀할머니 놀이가 뭔지 묻자 동생이 이렇게 설명을 해주었다. "만화에 보면 나오잖아. 마녀들이 끓이는 이상한 수프. 그걸 만드는 거야. 아, 진짜 먹을 수 있는 수프는 아니고." 그걸 만들어서 뭐 하느냐고 묻자 지후가 그걸로 주문을 외울 거라고 했다. "뭔 말인지는 모르겠지만 한번 해보자."
그러자 지후가 박수를 치면서 깡충깡충 뛰었다.

　우리는 밖으로 나갔다. 지후가 마녀 수프에 들어갈 재료들을
구해야 한다고 했다. 제일 먼저 놀이터로 갔다. 지후가 팔짱을
끼고 놀이터를 둘러보더니 그네 아래라고 외쳤다. 우리는 그네
아래를 팠다. 그랬더니 장난감 반지가 나왔다. "이거 봐요. 그네
아래 아니면 미끄럼틀 아래. 둘 중 한 곳에는 항상 보물이 숨겨
져 있거든요." 지후가 반지를 입으로 후후 불었다. 그러고는 준
비해온 비닐봉지 안에 넣었다. 길을 걷다 주운 솔방울도 하나
넣었다. 지후의 말에 따르면 그건 기본이란다. 솔방울이나 낙엽.
솔방울이 예쁘니 올해는 낙엽은 안 하고 솔방울로 하겠다고 지
후가 말했다. 새털도 기본이라고 해서 나는 비둘기가 자주 모이
는 장소로 지후를 데리고 갔다. 거기에는 모이를 주지 말라는
푯말이 있었다. "언니 이런 데 와서 모이를 주는 건 아니지? 그
렇게 늙지는 마." 동생의 말에 나는 아니라고 말했다. 모이를 주
는 사람이 없어서인지 그 많던 비둘기들이 보이지 않았다. 지후
랑 근처를 샅샅이 뒤진 끝에 겨우 작은 새털 하나를 찾을 수 있
었다. 지후는 그것도 비닐봉지에 넣었다. 지후가 근처에 초등학
교가 있느냐고 물어서 거긴 조금 걸어가야 하고 중학교는 바로
옆에 있다고 말해주었다. 지후가 자기네 집은 바로 초등학교 옆
이라고 했다. "할머니가 창문을 열고 준비물을 던져주면 받을

수 있을 만큼 가까워요." 내가 지후는 준비물을 놓고 다닐 아이가 아닐 것 같다고 했더니 지후가 그건 맞는 말이라고 했다. 우리는 중학교로 갔다. 아들이 졸업한 학교였다. 배구부로 유명한 학교였는데, 아들이 키가 좀 커서 배구부 감독이 배구를 시킬 생각은 없는지 물어본 적도 있었다. 셋이 운동장을 한 바퀴 돌았다. "바닥을 잘 보세요. 의외로 재미있는 걸 많이 찾을 수 있어요." 그러면서 지후는 작년에는 쓰다 만 연애편지를 발견했다고 했다. 누가 배 모양으로 종이를 접어두었더라고. "정미라는 아이한테 보내는 거였는데요. 그것 때문인지 작년엔 주문이 잘 걸렸어요. 물론 정미라는 아이한테는 행복의 주문을 걸어주었고요." 그 이야기를 듣던 동생이 갑자기 웃기 시작했다. "작년엔 정말 그랬지. 모든 주문이 거의 성공이었어." 내가 무슨 일이 있었는지 물었더니 같은 반 아이한테 설사병이 나라고 주문을 걸었다는 거였다. 그랬는데 글쎄 정말로 설사병이 나서 사흘을 결석했다고. 또 담임 선생님은 길 가다 넘어지라고 주문을 걸었는데 다리를 삐끗해서 한 달 동안 깁스를 하고 다녔다고도 했다. 그 말을 듣자 나는 깜짝 놀랐다. 저주의 주문을 걸다니. "그렇게 못된 주문이라면 할머니는 안 하련다." 그렇게 말하고 나는 동생을 째려봤다. 철없는 것. 말리지는 못할망정. "꼭 그렇지는 않아요. 행복한 주문을 훨씬 훨씬 많이 한다고요. 그리고 그 애는 나한테 도둑년이라 그랬어요. 담임 선생님은 그 애 말만 믿었고요." 지후는 그 애가 자기를 괴롭힌 이야기를 하기 시작했다. 지후의 말을 듣자 나도 모르게 못된 년이라는 말이 나왔다. "거봐요, 그런 애는 설사병 사흘 정도는 앓아도 된다고요." 나는 알았다고, 하지만 사흘 이상 아픈 주문은 더 이상 안 된다고 말했다. 지후가 알았다고 했다. 조금 더 걷다 보니 눈앞에 무엇인가 반짝했다. 주워보니 단추였다. "이거 어때." 내가 지후에게 보여주자 지후가 아주 마음에 든다고 했다. 동생이 껌 종이를 집어 들었는데 지후가 그건 안 된다고 고개를 저었다. 체육관 쪽으로 걸어가 보니 학생들이 안에서 배구 연습을 하고 있었다. 그걸 보더니 지후가 땀방울을 넣어야겠다고 말했다. "이따 집에 갈 때 뛰어갈게요. 땀이 나게." 학교 정문에 누군가 장갑 한 짝을 걸어두었다. 우리는 그것도 비닐봉지에 넣었다. 후문 쪽으로 걸어오다 손톱만큼 작은 부엉이 인형도 발견했다. 그것도 주웠다. 지후가 거기서부터 뛰어간다고 해서 우리는 그러라고 했다. 지후가 이따 봐요, 하고는 뛰기 시작했다. 그 뒷모습을 보며 나와 동생은 천천히 걸었다. 이제는 갈치조림집이 된 코끼리유치원 앞을 지나가면서 나는 거기서 해마다 동시 발표 대회가 열렸다는 이야기를 들려주었다. 그걸 구경하는 게 큰 재미였다고. "뜀박질." 동생이 갑자기 말을 했다. "뜀박질. 그 말이 좋네. 그거로 동시를 지어줘." 나는 집에 갈 때까지 뜀박질에 대해 생각해보았다. 적당한 글이 생각나지 않았다. 내가 사는 동에 도착하니 지후가 숨을 헐떡이며 제자리뛰기를 하고 있었다. "헉, 할머니. 헉, 얼른. 헉, 문 열어주세요." 지후가 말했다. 나는 얼른 공동 현관문을 열었다. 엘리베이터에서 나는 동생에게 말했다. "들었지? 아까 지후가 말한 거. 그거로 할게." 동생이 무슨 말이냐고 되물었다. 그래서 나는 뜀박질이라는 제목의 동시를 읊어주었다. "제목 뜀박질. 지은이 강애순. 헉, 할머니. 헉, 얼른. 헉, 문 열어주세요." 동생이 그런 거라면 자기는 하루에 백 개도 지을 수 있다고 했다. 그래서 나는 그러면 하루에 백 개씩 지어보라고 했다. 그러면 심심하지 않을 거라고.

집에 돌아와 손톱을 깎았다. 손톱이나 머리카락을 넣어야 강력한 효과가 난다나. 꼭 초승달 모양으로 깎으라고 해서 그렇게 했다. 나보고 더 넣고 싶은 게 없냐고 지후가 물어서 아들의 방에 가보았다. 책상 서랍을 뒤져보니 호루라기가 보였다. 불어보니 소리가 나지 않았다. 내가 그것도 넣겠다고 했더니 지후가 한참을 생각했다. "소리가 안 나는 호루라기는 좀 슬프잖아요. 그러니 넣을게요." 딸의 책상 서랍에는 아무것도 들어 있지 않았다. 옷장에도. 딸은 독립을 하면서 모든 물건을 가져갔다. 나는 책상 서랍 안쪽에 붙어 있는 스티커를 뗐다. 오래되어서 잘 떨어지지 않았다. 금발을 한 공주 스티커였는데 머리 부분만 간신히 뗐다. 그것도 수프에 넣었다. 지후가 커다란 냄비에다 비닐봉지 속 물건들을 쏟았다. 그리고 가스레인지에 냄비를 올려놓고 마녀처럼 수프를 끓이는 흉내를 냈다. 막대기로 휘휘 저어가며. 한참을 젓더니 지후가 우리에게 소원을 말하라고 했다. "맨날 내 머리카락 잡아당기는 정호 녀석은 코피를 흘리게 해주시고요. 새벽마다 쿵쿵거리는 윗집 아저씨 이사 가게 해주세요. 그리고 무지개 열 번만 보게 해주시고요." 지후가 막대기로 저어가며 말을 했다. "할머니도 해." 지후가 말하자 동생이 막대기를 이어 받았다. "내가 오만 원 냈는데 오천 원 냈다고 우기던 생선 가게 여자 이틀 동안만 감기 걸리게 해주세요. 지후 키 크게 해주세요." 동생이 거기까지 말하자 지후가 더 있잖아, 하고 말했다. "우리 빌라 현관에 침 뱉는 사람." 지후가 말하자 동생이 다시 막대기를 들었다. "우리 현관 앞에 침 뱉어놓는 놈, 변비 걸리게 해주세요." 동생이 말했다. 그 둘의 모습을 보고 있자니 왠지 눈물이 났다. 눈물이 많아지면 안 되는데. 그래서 나는 볼을 살짝 꼬집었다. 지후가 나보고도 주문을 외우라고 해서 막대기를 잡아보았다. 그랬는데 입 밖으로 말이 나오지 않았다. 나는 막대기를 저으며 속으로 주문을 외웠다. 아들 따라다니는 꼬마 귀신 사라지게 해주세요. 딸이 일주일에 한 번씩 전화하게 해주세요. 지후에게 막대기를 건네주며 나는 속으로 주문을 외웠다고 말했다. "무슨 주문인지 말해주면 안 돼요?" 지후가 물어서 나는 지후의 귀에 대고 속삭였다. "할머니가 되고 싶다고 빌었어. 손주가 태어나면 구연동화도 해주겠다고." 지후가 올해

주문이 성공하면 내년에도 같이 하자고 말해서 나는 그러자고
했다. 새끼손가락을 걸고 약속을 했다. 그러자 이 모든 게 내가
어젯밤 꾼 꿈처럼 느껴졌다.

할머니는 화투점을 자주 봤다. 아침에 학교 가는 나에게 좋은 소식이 온다거나 산보를 갈 일이 생긴다거나 하는 말을 해주었다. 덕분에 나는 초등학생 때부터 열두 장 화투 패의 의미를 알 수 있었다. 내가 가장 좋아하는 점괘는 5월 창포와 12월 비가 함께 나오는 패였다. 비가 오고 국수를 먹는다. 일요일에는 나도 가끔 화투점을 보곤 했다. 할머니가 한 번. 내가 한 번. 그러고 나서 우리 둘은 민화투를 쳤다. 방학 때는 더 자주 쳤다. 조카가 태어났을 때 나는 식물도감을 사서 봄에 피는 들꽃의 이름을 외웠다. 훗날 조카들이랑 산책을 하게 되면 척척박사처럼 들꽃 이름을 말해주는 고모가 되고 싶었기 때문이다. 하지만 조카랑 산책할 일은 거의 없었고 들꽃들도 볼 일이 많지 않아서인지 금방 까먹었다. 식물도감 외우기는 언젠가 다시 도전해볼 생각이다. 손주들은 없겠지만…… 들꽃을 볼 때마다 혼자라도 이름을 불러보는 할머니가 되고 싶기 때문이다. 이 소설에 나오는 할머니는 화투점을 보는 할머니와 들꽃 이름을 외우는 할머니가 반반 섞여 있다. 그건 내가 되고 싶은 할머니의 모습이기도 하다.

흑설탕 캔디

백수린

백수린

2011년 경향신문 신춘문예에 단편소설 「거짓말 연습」이 당선되어 등단했다. 소설집 『폴링 인 폴』, 『참담한 빛』, 『오늘 밤은 사라지지 말아요』, 중편소설 『친애하고, 친애하는』 등이 있다.

지난밤 할머니를 꿈에서 본 건 아마도 상우가 한 말 때문일 것이다. 할머니의 네 번째 기일을 맞이해 온 가족이 모여 성묘를 갔던 날, 나는 남동생인 상우로부터 할머니에 관한 놀라운 이야기를 하나 들었다.

　"누나, 그 할아버지 기억해?"

　가을볕이 좋은 토요일 오후였고, 공원묘지에는 잠자리들이 한가롭게 날아다녔다. 아직 어린 조카들은 소리를 지르며 뛰어다니고, 햇살에 비석들이 반질거리며 빛났다. 오랜만에 할머니를 보러 오기엔 여러모로 딱 좋은 날이었다.

　"누구?"

　"왜, 예전에 우리가 프랑스에 살았을 때, 아파트 일층에 살던 할아버지 있잖아. 키 크고, 보청기를 끼던."

벌초를 마친 어른들과 올케가 풀밭에 둘러앉아 담소를 나누는 사이, 호숫가를 같이 산책하던 상우가 나에게 물었다.

"아, 브뤼니에 씨? 그런 이름이었던 것 같은데? 아닌가?"

"그런가? 나는 기억이 안 나."

"아마 맞을걸? 브뤼노 씨였나? 뜬금없이, 왜?"

우리 가족이 프랑스에 살았던 것은 내가 열세 살 때부터 열여섯 살 때까지니까 벌써 20년 가까이 된 일이었다.

"할머니가 그 할아버지랑 사귄 거 맞지? 갑자기 생각이 나서."

"무슨 말도 안 되는 소리야?"

나는 눈을 동그랗게 뜨고 돌아보았다.

"누나도 몰랐어?"

상우가 재미있다는 듯 웃었다.

"그러니까 무슨 소리냐고?"

"사실 나, 우리가 프랑스에 살았을 때, 할머니랑 그 할아버지가 손잡고 벤치에 앉아 있는 거 집 근처 공원에서 본 적이 있거든."

그날 밤, 모두와 헤어진 후 혼자 사는 집으로 돌아오자마자 나는 붙박이장 깊숙한 곳에서 할머니의 유품을 넣어둔 커다란 상자들을 꺼냈다. 할머니의 노리개나 금반지 같은 것이 들어 있는 그 상자 안에서 무엇보다 압도적인 부피를 차지하는 것은 수십 권에 달하는 일기장들이었다. 모양도, 크기도 제각각인 노트마다 단기 4283년 서기 1950년, 단기 4293년 서기 1960년, 이런 식으로 적혀 있던 할머니의 일기들. 자식들 돌잔치 때 받았던 '나이롱 양말'이나 '돈 500환'까지도 세세히 적혀 있는 할머니의 일기를 차마 버릴 수 없어 유품 정리하던 날 내가 전부 받아 오긴 했지만 나는 그때까지 할머니의 프라이버시를 존중해 그것들을 한 번도 찬찬히 읽어본 적이 없었다. '이름'을 '일훔'이라고 쓰고 '서른'을 '설흔'이라고 쓰던 나의 할머니. 나는 수많은 일기장 틈에서 우리가 프랑스에 살던 시절 할머니가 일상을 적어둔 노트를 발견했다.

*

나의 할머니가 우리와 함께 살기 시작한 것은 내가 다섯 살, 상우가 세 살 때의 일이다. 할아버지가 오랜 투병 끝에 돌아가신 뒤 할머니의 딸인 나의 두 명의 고모들이, 혼자 살려면 쓸쓸할 테니 맏아들 집—그러니까 나의 큰아버지 집—과 합치는 게 어떻겠냐고 권유했을 때에도, 싫다고 단박에 거절했던 할머니가—"이제야 겨우 자유의 몸이 되었는데, 앞으론 아들 며느리 눈치를 보고 살라는 말이냐"—둘째 아들 집에 들어와 살기로 결심한 것은 내가 다섯 살이 되던 그해 7월에 우리 엄마가 교통

사고로 갑작스럽게 세상을 떠났기 때문이다. "네 아버지가 집까지 찾아와서 무릎을 꿇잖니." 오래전 할머니에게 왜 우리를 키워주기로 결심했냐고 물었을 때, 할머니는 그렇게 답했다. 산처럼 덩치가 커다란 아버지가 할머니 앞에서 무릎을 꿇는 모습은 상상이 잘 가지 않았다. 어쨌든 그해 가을, 할머니는 단출하게 짐을 싸서 우리 집으로 들어왔다. 이사, 라고 말하는 것은 적절치 않은데 그 이유는, 상우가 초등학교에 입학할 때까지만 함께 살 생각으로 할머니가 할머니의 집을 처분하지 않은 채 대부분의 짐을 두고 왔기 때문이다. 한 달에 몇 번씩, 정기적으로 할아버지와 살던 20평 아파트로 돌아가 쓸고 닦던 할머니가 그 집을 매각하고 우리 집에 완전히 정착한 것은 내가 아홉 살, 상우가 일곱 살 때의 일이다. 오랫동안 돌아갈 집을 마음에 품고 있던 할머니가 돌연 생각을 바꾼 이유는 무엇이었을까? 그러고 보면 나는 단 한 번도 할머니에게 그것에 대해서 물어본 적이 없다. 이제 와 생각해보면 그것은 나 나름대로 나를 보호해온 방식이었을지도 모르겠다. 나는 할머니가 언제라도 우리를 두고 떠날 수 있다는 것을 알았고, 언제나 나의 마음속 한구석에는 할머니가 나를 두고 떠나버릴지도 모른다는 두려움이 웅크리고 있었다. 그렇다고 할머니가 우리—나와 내 동생—를 사랑하지 않는다고 생각했다는 뜻은 아니다. 그러기엔 할머니가 나와 내 동생에게 베풀어준 애정이란 각별한 것이었고, 나는 할머니가 우리와 한시도 떨어져 있고 싶지 않을 만큼 정들었기 때문에 같이 살기로 마음을 먹었다고 굳게 믿어왔다. 그리고 그것은 틀림없는 사실이었을 것이다. 하지만 이제 나는, 할머니가 할머니의 집을 포기하고 우리와 같이 살기로 한 가장 결정적인 이유는, 무엇보다 우리가 할머니를 필요로 했기 때문이었다는 것 또한 안다.

할머니는 일제강점기의 한 개항도시에서 규모가 큰 양장점을 하던 부모의 삼남 삼녀 중 장녀로 태어났다. 나는 오래전, 어린아이였던 할머니가 세일러복 교복을 입고 어느 담벼락 앞에 서 있는 사진을 본 적이 있다. 여덟 살, 많게 봐야 아홉 살에 불과해 보이는 사진 속 소녀의 얼굴 위에는 삶에 대한 그녀의 태도를 머지않아 결정할 자존심과 호기심 같은 것이 이미 어른거리고 있었다. 자식 여섯 명이 모두 신식 교육을 받은 것은 신문물에 밝고 충분한 재력을 지닌 부모의 덕이었을 테지만, 고등학교만 마친 다른 자매들과 달리 할머니만 유일하게 부모를 설득해 대학에 입학했다는 사실은 할머니 성격의 중요한 일면을 드러낸다. 할머니가 돌아가셨을 때, 장례식을 찾은 사람들은 대체로 할머니를 '그런 식'—고집, 이라든가 누군가는 허영이라는 단어를 쓰기도 했다—으로 회상했다. "아이고, 너네 할머니는 하고 싶은 대로 다 하고 산 여자잖냐." 식어빠진 육개장과 말라가는 편육을 앞에 두고 사람들이 할머니에 대해서 다 아는 듯이 말할 때마다 나는 점점 불쾌해졌는데 이유는 알 수 없었다. 생각해보면, '하고 싶은 대로 다 하고 산 여자'라는 무해해 보이는 표현 속에 감춰져 있는 뾰족하고 날카로운 무언가가 나는 거슬렸던 것 같다. 할머니가 다른 자매들과 달리 대학에 입학했다는 사실은 사람들에게 이야깃거리가 되지만, 그토록 원해 진학한 대학을 전쟁이 터지기도 전에 중퇴했다는 사실은 사람들에게 그다지 기억되지 않는다. 내게 할머니는 대학에 입학하더라도 결혼하면 그만둬야 했던 당시 여자대학의 규정을 몰랐을 리 없으면서 결국엔 1년도 채 되지 않아 부모의 뜻대로, 평생 지루해할 남자와 선을 봐 결혼하고 마는 그런 종류의 사람이다.

160센티미터의 키에 49킬로그램 내외의 체중을 수십 년째 유지하고 가지런한 백발의 단발머리를 고수하던 나의 할머니. 할머니가 동년배의 다른 할머니들과 다르다는 점은 어린 시절 나를 늘 우쭐하게 만들었다. 할머니는 일본어에 매우 능숙했고, 계란말이와 계란찜을 일본식으로 달짝지근하게 만들었으며, 「에델바이스」를 영어로 부를 줄 알았다. 다른 할머니들과 달리 교육 수준이 높은 할머니 덕택에 나와 내 동생은 엄마의 부재를 상대적으로 덜 느낄 수 있었다. 초등학교를 졸업할 때까지 할머니는 다른 엄마들이 그러는 것처럼 알림장을 검사해서 준비물을 챙겨주었고, 영양 밸런스를 고려하여 도시락을 싸주었으며, 덧셈 뺄셈이나 구구단 같은 것을 직접 가르쳐주었다. 피아니스트가 되고 싶어 음악학부에 진학했던 할머니는 나와 동생에게 직접 바이엘 상하 권을 가르쳐주기도 했다. 「아빠와 크레파스」나 「과수원 길」 같은 곡을 시범 삼아 연주해 보이던 할머니의 꼿꼿했던 등과 우아했던 팔의 곡선. 초등학교도 제대로 마치지 못한 다른 할머니들과 달리 나의 할머니는 언제나 세련되고 기품이 있었는데, 나는 그런 할머니를 동경하는 눈빛으로 우러러보곤 했다.

어린 시절, 건축 일로 항상 바빴던 아버지를 대신해서 우리를 재워준 사람 역시 할머니였다. 밤이 되면 우리는 바닥에 요를 세 채 깔고 나란히 누웠다. 할머니는 언제나 가운데에 누웠고 나와 내 동생은 각각 할머니의 오른쪽과 왼쪽 요를 차지했다. 누우면 금세 곯아떨어지는 동생과 달리 쉽게 잠에 들지 못하는 나를 재우기 위해 할머니는 얼마나 많은 옛날이야기를 들려주었던지. 할머니는 레퍼토리가 다 떨어지면 아는 이야기들을 뒤섞어 새로운 이야기로 재창조해내는 능력이 뛰어났다. 할머니가 들려주었던 수많은 이야기들 중 지금껏 내가 기억하는 것은 호랑이에게 잡아먹히는 빨간 망토 소녀에 대한 이야기다. 할머니의 이야기 속에서 엄마의 심부름으로 떡이 가득 든 바구니를 들고 여러 고개를 넘어 이웃 마을로 가야 하는 빨간 망토의 소녀는 고개를 넘을 때마다 호랑이를 만난다. "꼬마야, 꼬마야, 네가 가진 떡을 다오." 빨간 망토의 소녀는 호랑이가 요구하는 대로 처음엔 떡을 주고, 그다음엔 바구니를 주고, 망토를 벗어 주고, 구두까지 벗어 주지만 결국엔 호랑이에게 집어삼켜진다.

"할머니, 이 이야기는 너무 무서워."

처음 그 이야기를 들었을 때, 나는 할머니의 품을 파고들며 그렇게 말했을 것이다. 모든 것을 다 주고도 잡아먹혀 버리는 어린 소녀의 이야기라니. 그건 너무 무서운 이야기였으니까. 그러자 할머니는 웃으며 나의 앞머리를 손등으로 쓸어 넘기고는 동생이 깨지 않도록 조그맣게 말했다.

"아니야. 이건 무서운 이야기가 아니야. 호랑이 배 속에 들어가서도 살아남은 아주 용감한 아이에 대한 이야기지."

할머니의 이야기 속에서 호랑이에게 통째로 잡아먹힌 어린 소녀는 아무도 몰래 주먹 속에 꼭 쥐고 감춰두었던 아주 작은 흑요석 조각으로 호랑이의 배를 가르고 밖으로 나온다.

할머니가 우리 가족과 떨어져 살 수 있었던 마지막 기회는 아마도 아버지의 프랑스 체류가 결정되었을 때가 아니었을까? 아버지가 온 가족을 불러 모아 파리의 주재원으로 파견 가게 되었다는 이야기를 전했던 어느 저녁, 할머니의 첫마디는 한국에 혼자 남고 싶다는 말이었다. "여기엔 매주 예배를 보러 갈 교회도 있고, 일주일에 두 번씩 수업을 들으러 가는 구민대학도 있고, 한 달에 한 번씩 참석하는 여고 동창 모임도 있잖니." 하지만 할머니는 결국 우리와 함께 프랑스로 떠나는 국적기를 탔다. "아이들은 내가 없으면 안 되니까요." 사람들에게 프랑스로 떠나게 되었다는 소식을 전할 때마다 할머니 안에 존재했을, 낯선 나라에서의 삶에 대한 불안이나 두려움에 대해서 말하는 대신 할머니는 그저 그렇게 말했다. "효자 아들 덕에 외국에서도 살게 되네요." 할머니는 자신의 약점이나 불행을 타인에게 드러낼 줄 몰랐고 남에게 동정을 살 바에야 죽어버리는 편이 낫다고 공공연히 말하곤 했다. 할아버지와 평생 사이가 썩 좋지 않았으면서도 부부 동반 모임에 가서는 할아버지에게 존댓말을 쓰며 웃어주던 할머니.

물론, 그렇다고 해서 프랑스에 간다는 사실이 할머니에게 싫기만 한 건 아니었을 것이다. 할머니는 그때까지 한 번도 서구의 나라에 가본 적이 없었고, 프랑스는 할머니가 오랫동안 동경해왔던 예술가들의 나라였으니까. 할머니는 언제라도 에펠 탑이나 몽마르트르 언덕 같은 것들에 감탄할 준비가 되어 있었다. 파리에 도착하고 첫 2주, 아직 나와 동생도 새로운 학교에 전학 수속을 밟지 않았고 아버지 역시 주재원 업무를 본격적으로 시작하지 않았던 무렵, 아버지의 인솔에 따라 온 가족이 찾아간 쇼팽의 무덤 앞에 꽃을 올려놓으며 황홀해하거나 미라보 다리

앞에서 사진을 찍어달라고 말하는 사람은 프랑스에 대한 동경을 품기엔 너무 어렸던 나나 동생이 아니라 할머니였다.

솔직히 말해 당시 나에게 프랑스란 그저 나의 평화로운 일상을 앗아간 나라에 불과했다. 나는 파리의 모든 것에 실망할 준비가 되어 있었는데, 한강에 비하면 턱없이 볼품없는 센 강이나, 관처럼 비좁은 엘리베이터, 악취가 풍기는 지하철 환승 통로는 내 마음을 바꾸는 데 조금도 도움을 주지 못했다. 그런 이유로, 프랑스에 도착하고 처음 몇 달 동안 우리가 찍은 사진—대부분 아버지가 찍은 사진으로 나와 동생 그리고 할머니가 에펠탑이나 베르사유 궁전 앞에 서 있다—속 나의 얼굴은 커다란 챙이 달린 모자를 쓰고 환히 웃는 할머니나 마냥 해맑기만 한 동생의 얼굴과 달리 하나같이 뿌루퉁해 있었다. 당시 나는 어린 나이에 외국에서 사는 경험을 두고 특권이라고 말하는 사람을 만나면 누구든 주먹으로 코를 때려주려는 마음으로 가득 차 있었고, 나의 삶을 송두리째 바꿔버린 아버지에 대한 불만을 감추지 못했다. 한마디도 알아들을 수 없는 수업을 버티면서 느끼던 굴욕감. 제대로 의사를 표현하지 못해 놀림을 받을 때마다 이 시간이 얼른 지나가길 바라며 견디던 모멸감. 인종차별이 나쁜 것임을 아직 충분히 학습하지 못한 아이들의 무구한 장난이란 얼마나 잔인한 것인지. 그 무렵 나는 수업이 끝나면 언제나 집으로 도망치듯 서둘러 돌아왔다. 감자를 삶아놓거나 고구마탕 같은 것을 만들어놓고 기다리는 할머니가 있는 집은 나에게 가장 안전한 곳이었다. 그리고 그것은 할머니에게도 마찬가지였겠지. 할머니가 혼자 지하철을 타고 갈 수 있는 곳은 동아시아 식재료를 파는 일본식품점밖에 없었고, 대부분의 시간 동안 할머니는 집에서 청소를 하고 빨래를 하면서 나와 동생이 돌아오기를 기다릴 뿐이었으니까. 우리 남매는 집에 오면 할머니가 차려준 간식을 먹은 후 할머니와 나란히 소파에 앉아 텔레비전을 보았다. 조금도 알아들을 수 없는 프랑스어로 더빙된 일본 만화 영화나 한국에서도 방영해 줄거리를 대충 알고 있던 미국 영화들을 볼 때도 있었지만—프랑스 텔레비전에서는 알몸의 여자가 광고에 등장하는 일이 많았고, 그때마다 우리는 기겁을 하며 채널을 돌렸다—우리가 주로 시청한 것은 일요일마다 일본식품점에 가서 잔뜩 빌려 오는 비디오테이프들에 녹화된 한국 드라마였다. 아버지가 퇴근해서 돌아와 "너희들 숙제는 하고 그러는 거야?" 하고 물어볼 때까지 대사를 암기할 정도로 몇 번이고 되풀이해서 보았던 미니시리즈들, 주말연속극들. 그 시절, 우리 셋 사이에는 무언가가 존재했다. 말하자면, 세상으로부터 고립된 섬에서 살아남은 생존자들 사이에 존재할 법한 달콤하고 아늑한 유대감 같은 것. 하지만 시간은 흘렀고, 1년쯤이 지나면 나와 동생은 낯선 환경을 거부하는 단계를 넘어, 새로운 생활에 어떻게든 적응하기 위해 애쓰는 단계로 접어들어 버린다.

할머니는 점점 더 늘어나는 혼자만의 시간을 어떻게 채웠을까? 처음에 할머니는 집안일을 다 하고도 시간이 남으면 혼자 녹차를 한 잔 끓여놓고 식탁에 앉아 한국에서 가져온 성경책을 읽었다. 그러다 집에만 있는 것이 지루해지자 집 근처를 산책하기 시작했다. 지하철을 혼자 타는 것은 길을 잃을까 봐 두려웠지만, 동네를 걷는 것 정도는 할 수 있을 것 같았다. 할머니는 아버지가 사다 준 남색의 포켓용 지도책을 작은 손가방 안에 넣고 매일 조금씩 집에서 더 먼 곳까지 걸어갔다. 그렇게 걷다가 마음에 드는 공원을 발견하면 다음번에 다시 찾아올 수 있도록 지도 위에 작은 동그라미를 그려두었다. 어느새 프랑스어를 제법 구사하게 된 나와 동생과 달리 할머니의 프랑스어 실력은 조금도 늘지 않았다. 가끔 할머니는 우리 책장에 꽂혀 있는 기초 프랑스어 교재를 꺼내어 뒤적여보았지만, 기억할 수 있는 프랑스어라고는 겨우 몇 가지 인사말과 '한국에서 왔습니다', '프랑스어는 하지 못합니다' 같은 기본적인 말들뿐이었다. 학창 시절, 할머니는 일어와 영어를 쉽게 습득하는 편이었으므로 좀처럼 프랑스어 실력이 늘지 않는다는 사실에 무력감을 느꼈다.

프랑스어로 말할 수 없었으므로, 집 밖을 벗어나면 할머니가 이야기를 나눌 수 있는 사람은 거의 없었다. 누구의 탓인지 모르겠지만, 자매처럼 사이좋던 우리 남매는 그즈음 텔레비전 채

널 주도권같이 시시한 걸 빌미로 툭하면 소리 지르며 다투기 시작했다. 그러므로 집에선 항상 울거나 소리 지르기 일쑤인 나나 동생과 할머니가 제대로 된 대화를 하는 것은 불가능했고, 아버지는 프랑스에서조차 회식이나 출장이 잦았다. 한국엔 PC통신이 유행하기 시작했지만 프랑스엔 아직 인터넷 개념조차 모르는 사람들이 허다한 시절이었다. 할머니는 가끔 한국의 고모들이나 친구들과 전화 통화를 했지만, 국제전화 요금이 무서워 할 말을 다 하기도 전에 서둘러 끊었다. 한번은 무료해하는 할머니를 위해 아버지가 주재원 부인들의 모임을 알아오기도 했다. 집집마다 돌아가면서 서로를 초대하던 그 모임의 젊은 주재원 부인들은 모두 친절했지만 지나치게 예의가 발랐고, 할머니는 그들에게 자신이 그저 대하기 어려운 노인에 불과하다는 걸 알았다.

시간이 갈수록 할머니 안의 고독은 눈처럼 소리 없이 쌓였다. 처음엔 곧 녹을 수 있을 듯 얇은 막으로. 하지만 이내 허리까지 차오를 정도로 두텁고 단단한 층을 이루었겠지. 그렇지만, 나는 가까스로 생긴 친구들 눈에 지나치게 심각하고 유머 감각이 없는 전형적인 아시아 여자애로 보이지 않기 위해 안간힘을 쓰느라 할머니가 막 생리를 시작한 나에게 생리대를 사주기 위해 슈퍼에 갔지만 탐폰들만 잔뜩 있는 진열장 앞에서 그것들이 무엇인지 몰라 망연자실하게 서 있었다는 것을 알지 못했고, 긴긴 하루를 견디다 지루해지면 누군가와 대화를 나누기 위해 일부러 일본식품점에 가지만 일본인 주인과 유창하게 의사소통할 때마다 자긍심과 수치심을 동시에 느꼈다는 사실 역시 미처 알지 못했다.

할머니가 브뤼니에 씨를 알게 된 것은 그런 식의 날들이 쌓여 프랑스에 온 지 어느새 2년쯤 되었을 때였다. 브뤼니에 씨는 우리 아파트 일층에 사는 주민이었지만, 그때까지 우리와 마주칠 일이 거의 없었다. 아내와 사별한 이후 파리의 집을 비워둔 채 보르도 지방에 있는 별장에서 주로 생활을 했기 때문이라는 사실을 나에게 알려준 사람은 아파트 관리인이었을 것이다. 포르투갈 출신 이민자인 관리인은 그 건물 전체에서 그녀의 가족을 제외하고, 유일하게 이방인이었던 우리 가족에게 친절했고, 내가 프랑스어를 조금 할 줄 알게 된 이후부터는 한국의 친구들로부터 받은 소포를 찾으러 갈 때마다 동네 사람들에 대한 이야기를 즐겨 들려주었다. 소포가 도착해 있다는 쪽지를 들고 관리인의 집 초인종을 누르면 천천히 문을 열어주던 셀리나 부인의 얼굴. 무표정할 땐 엄격해 보이지만 입을 여는 순간 눈빛이 상냥해지던. 언젠가 집에서 스파크가 일며 정전이 났을 때, 부족한 언어로 에둘러 표현하느라 턱없이 길어진 나의 설명을 끊지 않고 다 듣더니, "그건 '누전'이라고 하는 거야."라고 프랑스어 단어를 가르쳐주던 그녀의 목소리 같은 것들은 왜 이토록 오랜 시간이 흘렀는데도 여전히 떠오르는 걸까?

이쯤에서 당시 우리가 살던 아파트의 건물 배치에 대해서 설명해야겠다. 우리 아파트는 가운데에 있는 사각형의 작은 뜰을 네 개의 건물이 둘러싼 형태로 이루어져 있었다. 우리가 살던 집은 대로에서 가장 안쪽에 있는 건물이었기 때문에 외출을 하려면 반드시 안뜰을 통과해 맞은편 건물의 현관문을 열고 나가야만 하는 구조였다. 관리인의 집은 그 현관문, 결국 모든 주민이 통과해야만 하는 현관문이 있는 건물 일층에 있었다. 그리고 브뤼니에 씨는 그 건물과 우리 건물 사이를 잇는 건물들 중 하나의 일층에 살고 있었고.

내가 이렇게 아파트의 건물 배치에 대해서 설명하는 이유는 우리 할머니가 그해 봄의 초입, 브뤼니에 씨 집 앞을 지나게 된 것이 필연적이라는 이야기를 하기 위해서다. 하루 종일 집에만 있는 것이 답답해져 동네를 산책하려던 할머니는 안뜰로 나서다가 발걸음을 멈췄다. 어디선가 피아노 소리가 들려오고 있었다. 훌륭한 실력이었는데, 그것은 아주 가까운 곳에서 들렸다. 피아노 선율이 흘러나오는 곳은 브뤼니에 씨의 집이었다. 활짝 열어놓은 창 너머로 백발의 남자가 피아노 앞에 앉아 등을 구부린 채 연주하는 모습이 보였다. 「사랑의 꿈」 A플랫장조 64번. 아, 이것은 리스트야. 곡명을 떠올리자 그 곡을 처음으로 쳐봤던 날의 기억이 갑자기 할머니의 머릿속에 떠올랐다. 고등학교 음악실에 있던 검은색의 야마하 피아노. 그리고 그와 동시에 건반 위에 손가락을 올렸을 때의 감촉이 순식간에 할머니의 몸속에서 되살아났다. 그것은 감전이 된 것처럼 놀랍고 갑작스러운 일이었다. 그래서 할머니는 그렇게 그 자리에서 연주가 끝날 때까지 창밖, 제라늄 화분 세 개가 창틀에 놓여 있는 브뤼니에 씨의 응접실 창밖에 서 있었다. 할머니를 발견한 브뤼니에 씨가 창가로 다가와 "Bonjour." 하고 인사를 건넬 때까지.

그날 밤, 할머니는 나의 방 문을 두드렸다.

"왜?"

어느새 방문을 걸어 잠그고 혼자 있는 시간이 중요해진 내가 문틈 사이로 머리만 내밀고 할머니에게 물었다.

"라디오 안 쓰면 좀 빌려줘."

책상 서랍 안에 방치해둔 워크맨을 찾는 동안 방문이 조금 더 열렸다.

"학생이 매니큐어가 다 뭐냐."

책상 위에 올려놓은 색색의 매니큐어들—펄 들어간 핑크와 하늘색 같은 것들—과 아세톤을 보며 할머니가 못마땅한 듯 말했다.

"여기선 다 발라."

나는 할머니에게 워크맨을 건네며 짜증스럽게 대꾸하고는 문을 다시 닫았다. '여기에선 다 이래'는 할머니를 꼼짝 못 하게 하는 마법의 말이었고, 나는 언젠가부터 그것을 즐겨 사용하고 있었다.

할머니는 방으로 돌아가 침대에 걸터앉은 뒤 워크맨의 라디오 기능을 켰다. 그리고 인내심을 발휘하여 주파수를 한참 맞춘 끝에 클래식 음악만을 전문으로 틀어주는 채널을 찾아냈다. 음악과 음악 사이에 흐르는 디제이의 멘트는 하나도 알아들을 수 없었지만 음악을 듣는 데는 아무런 지장이 없었다. 누구도 깨지 않게 음량을 최소로 한 채 라디오에 귀를 대고 잠을 청하자 잊어버렸던 기억들이 밀물처럼 할머니의 침대 위를 덮쳤다. 피아노를 연습하기 위해 방과 후에 남아 있던 음악실 낡은 마룻바닥의 삐걱거림, 장작을 넣는 난로 위 구릿빛 주전자, 물이 끓으면서 나던 주전자 뚜껑의 달그락 소리와 한없이 조용했던 그 음악실 창밖, 상록수 위로 쏟아지던 석양의 황금빛.

다음 날, 할머니는 산책을 하고 돌아오는 길에 저 멀리에서 바게트를 사 가지고 집으로 돌아가는 듯한 브뤼니에 씨를 발견했고, 며칠 후에는 신문 가판대 앞에 서 있는 브뤼니에 씨의 뒷모습을 보았다. 한가한 노인들의 동선이라는 게 거기서 거기인 모양이야, 할머니는 속으로 생각했다. 예전에도 브뤼니에 씨와 마주치는 일이 있었겠지만 그 전까지 할머니에겐 브뤼니에 씨의 존재를 주목할 이유가 없었을 것이다. 하지만 이제 브뤼니에 씨는 어디서든 눈에 띄었다. 할머니는 브뤼니에 씨를 볼 때마다 피아노 앞에 앉아 있던 그의 옆모습을 떠올렸고, 안뜰을 지날 때면 피아노 선율이 들려오지 않을까 기대하며 브뤼니에 씨의 창가 앞에 멈춰 섰다. 날이 화창해질수록 브뤼니에 씨가 창을 열어놓고 피아노를 치는 날들은 늘어났다. 브뤼니에 씨는 할머니가 자신의 연주를 듣는다는 것을 알고 있었을까? 알고 있었을 것이다. 가끔 할머니가 안뜰에 서 있으면 연주를 멈추고 창가로 다가와 불쑥 말을 걸어 할머니를 놀라게 하곤 했으니까. "나는 프랑스어를 할 줄 몰라요." 그럴 때면 할머니는 할머니가 아는 몇 안 되는 프랑스어 문장을 내뱉고는 수줍은 얼굴로 도망치며 다시는 창가 앞에 서 있지 말아야지 다짐했다. 하지만 피아노 소리를 들으면 할머니는 어김없이 창가 앞에 멈춰 섰고, 피아노를 치고 싶다는 욕망에 시달렸다.

사방에 꽃이 만개하고, 할머니와 브뤼니에 씨는 서로의 존재를 분명히 의식하기 시작했다. 우연히 길에서 마주쳐 같이 아파트까지 돌아오기라도 하는 날이면 브뤼니에 씨는 할머니의 보폭에 맞춰서 천천히 걸어주었고, 할머니가 지나갈 때까지 현관문을 연 채로 기다렸다. 초반에 인사를 먼저 건네는 쪽은 언제나 브뤼니에 씨였지만 얼마 후부터 할머니는 매번 먼저 인사하지 않는 것이 너무 무례한 일은 아닌가 하는 생각을 하기 시작했고,

그를 우편함 앞에서 마주쳤던 어느 날 용기를 내어 인사를 건넸다. 한번은 장을 봐서 돌아오는 길에 아파트 현관문 앞에서 만난 브뤼니에 씨가 할머니의 바퀴 달린 장바구니를 엘리베이터 앞까지 대신 끌어주기도 했다. 가끔은 나와 할머니가 외출을 하고 집으로 돌아오거나 외출하러 나가는 길에 브뤼니에 씨를 현관 입구에서 맞닥뜨릴 때도 있었다. 그럴 때면, 내가 프랑스어를 할 줄 안다는 것을 알아챈 브뤼니에 씨가 우리에 대해 이것저것 물어보거나 자신에 대한 이런저런 이야기를 늘어놓곤 했다. 지금 생각해보면 그것은 할머니에게 내가 대신 전해주길 바라고 한 말들이었을 것이다. 하지만 당시 나로서는 알 길이 없었고, 브뤼니에 씨와 헤어질 때마다 할머니가 나에게 "뭐라고 하더냐?"라고 묻는 이유에 대해서도 짐작조차 하지 못했다. 그러므로 나는 그가 했던 말들을 최대한 간략하게 요약하거나—"우리더러 베트남 사람이래"—많은 이야기를 생략하고는—"몰라. 그냥 다 쓸데없는 이야기"—나의 세계로 되돌아갔다.

열흘 내리 비가 왔다. 프랑스에 산 지 3년 차에 접어들었지만 봄이 이토록 변덕스럽고 우중충한 계절이라는 것에 할머니는 여전히 적응되지 않았다. 산후조리를 잘못한 탓에 비가 오면 손목과 무릎을 유난히 시려하는 할머니는 열흘 내내 외출을 삼가고 집에만 있었다. 그러다 마침내 해가 나자 공원에 나갔고 벤치에 앉아 나무들을 올려다보며 눈부신 여름이 얼른 왔으면 좋겠다고 생각했다. 여름이 되면 공원의 분수에서 발가벗은 아이들이 물줄기를 맞으며 큰 소리로 웃곤 하는데. 그런 풍경은 얼마나 아름다운지. 여리고 향기로운 아이들의 몸. 할머니는 주먹을 쥐고 있던 손을 가만히 펼쳐보았다. 엄지와 검지로 가만히 손등의 살갗을 집어보면, 탄력을 잃은 탓에 집었던 부위는 아주 서서히 원래의 모양으로 퍼졌다.

할머니가 브뤼니에 씨를 발견한 것은 벤치에 앉아 워크맨으로 음악을 들으며 코바늘뜨기를 하고 있을 때였다. 베이지색 코르덴 바지에 벽돌색 셔츠를 입은 브뤼니에 씨가 공원 안쪽으로 들어오고 있었다. '몇 살쯤이나 됐을까?' 할머니는 백인의 나이를 좀처럼 가늠하지 못했다. 그것은 상대도 마찬가지였겠지만. 브뤼니에 씨는 키가 훤칠하게 컸지만 나이에 걸맞게 약간 구부정했고, 걸음걸이가 어딘가 약간 기우뚱했다.

'아, 설마 내 쪽으로 오는 건가?'

눈이 마주친 브뤼니에 씨가 살짝 미소를 짓더니 할머니를 향해 걸어와 할머니는 긴장하기 시작했다. 그리고 인사만 하고 지나갈 줄 알았던 그가 손짓을 하며 옆에 앉아도 되냐고 물었을 때는 심장이 쿵쾅거려 정신이 아득해졌다. 브뤼니에 씨가 다시 무언가 말을 걸었다. 할머니는 알아들을 수 없었으므로 하는 수 없이 "나는 프랑스어를 할 줄 몰라요."라는 말을 다시 한번 반복했다. "베토벤." 브뤼니에 씨는 할머니가 틀어놓은 워크맨을 가리키더니 또 한 번 천천히 발음했다. 라디오에서는 베토벤의 피아노 소나타 23번 f단조가 흘러나오고 있었다.

"아, 베토벤."

할머니가 알아들었다는 뜻으로 고개를 끄덕였다.

그 후로 그들은 우연히 공원에서 마주치면 나란히 벤치에 앉기 시작했다. 말이 통하지 않았으므로 그저 앉아 있을 뿐이었다. 브뤼니에 씨와 앉아서 음악을 같이 듣노라면 매번 심장이 울렁거렸는데, 할머니는 그것이 낯선 남자와 함께 앉아 있기 때문인지 피아노를 치고 싶은 충동 때문인지 분간할 수 없었다. '내일은 피아노를 쳐보게 해주겠냐고 물어봐야지.' 매일 밤 자기 전, 할머니는 클래식 채널을 들으면서 생각했다. 그러기 위해서는 나나 동생, 아니면 아버지에게 프랑스어로 문장을 번역해 적어달라고 해야만 했다. 하지만 할머니는 어쩐 일인지 누구에게도 브뤼니에 씨와 피아노에 대해서는 말하고 싶지 않았다. '도대체 어쩐 일일까?' 할머니는 워크맨에 귀를 갖다 대며 생각했다. '참 이상한 일도 다 있지.'

"Can I play your piano?"

할머니가 용기를 내어 옆에 앉아 있던 브뤼니에 씨에게 물은 것은 그로부터 2주일 정도가 흐른 후였다. 풀밭의 한쪽에선 어린아이의 생일 파티라도 하는지, 누군가 나무에 매달아둔 색색의 파스텔 톤 풍선이 바람에 흔들리고 있었다. 바람이 불 때마다 할머니가 가장 아끼는 잔꽃무늬 치마의 끝단이 할머니의 맨종아리를 스쳤다. 영어를 단 한 마디도 할 줄 모르는 브뤼니에 씨가 무슨 소리냐는 듯이 할머니를 쳐다보았다. 할머니는 그럴 줄 알았다는 듯이, 조금은 의기양양한 표정으로 손가방에서 일부러 챙겨온 두꺼운 한불·불한 사전을 꺼냈다. 그리고 호기심 어린 눈으로 할머니를 바라보는 브뤼니에 씨 앞에서 단어들을 차례대로 찾아 펼쳐 보였다. '나 je', '원하다 vouloir', '연주하다 jouer', '당신 vous', '피아노 piano'. 인내심을 가지고 할머니가 보여주는 단어들을 하나씩 들여다보던 브뤼니에 씨가 마침내 할머니가 말하는 바를 알아들었다. 그리고 돋보기 속 푸른 눈을 빛내면서 웃으며 말했다. "아, 피아노!"

그렇게 그날 오후 할머니는 처음으로 브뤼니에 씨 집에 들어갔다. 혼자 사는 남자의 집, 그것도 외국인 남자의 집에 방문하는 것은 난생처음이었고, 할머니는 브뤼니에 씨가 열쇠 구멍에 열쇠를 꽂고 돌리는 동안 바보 같은 짓을 하는 게 아닐까 잠시 후회했다. 현관 앞에서 구두를 벗으려던 할머니는 브뤼니에 씨가 신발을 그대로 신은 채 양탄자를 딛는 것을 보고 깜짝 놀랐다. 외출하면서 덧창을 모두 닫아두어 실내는 어두웠는데, 덧창을 열고 커튼을 열어젖히자 어둠 속에 웅크리고 있던 사물들의 윤곽이 차례로 드러났다. 루이 15세 스타일의 고가구들. 새와 꽃이 그려진 벽지. 헝겊이 씌워진 안락의자와 괘종시계. 대리석 벽난로 위에는 커다란 도자기 화병이 여러 개 놓여 있었는데, 아마 아내가 살아 있었다면 풍성히 꽃이 담겨 있을 화병은 비어 있었다.

"Puis-je vous offrir une tasse de thé?"

브뤼니에 씨가 응접실에 우두커니 서 있는 할머니의 겉옷을 받아 옷걸이에 걸며 묻지만 할머니는 알아들을 수 없었다. 할머니가 손가방에서 사전을 다시 꺼내어 건네자, 브뤼니에 씨가 'thé 차'라는 단어를 찾아 보여주었고, 할머니는 브뤼니에 씨가 '차를 원하냐'고 물었다는 것을 이해했다. "아니요." 할머니는 고개를 저었다. 브뤼니에 씨의 그랜드피아노—플레이엘 (Pleyel) 사에서 만든 1930년산이었다—는 응접실의 창가 쪽에 우아하고 도도한 자태로 놓여 있었다.

이제 할머니는 피아노 의자에 앉는다. 의자의 높이는 할머니에게 맞춘 듯 꼭 맞고 페달까지의 거리마저도 완벽하다. 딱딱한 의자의 감촉을 엉덩이로 느끼며 할머니는 피아노 뚜껑을 열고 하얀 건반을 하나씩 엄지와 검지로 지그시 누른다. 도— 레—. 차갑고 매끄러운 건반. 그저 손가락으로 피아노 건반을 눌렀을 뿐인데 어린 시절, 교회에서 처음으로 크리스마스트리를 보았을 때 같은 경이롭고 황홀한 느낌이 할머니의 몸 안 가장 깊은 곳에서 피어오른다. 내가 열 살 때까지는 비록 단순한 곡들이었지만 할머니가 내게 연주 시범을 보이곤 했으므로, 피아노를 마지막으로 쳐본 지는 5년 정도밖에 되지 않았다. 그렇지만 할머니는 그날 피아노를 치면서 아주 오랜만에, 영겁의 세월 만에 건반을 만져보는 것 같은 기분에 휩싸인다. 할머니는 기억을 더듬어 좋아하던 슈만의 「크라이슬레리아나」 16-2번을 연주하기 시작한다. 오랜만에 치는 터라, 처음엔 손가락이 마음대로 움직이지 않지만, 몸은 놀랍게도 익숙한 습관을 곧 기억해내고 손가락들이 천천히 건반 위를 미끄러진다. 할머니가 연주를 하는 동안, 브뤼니에 씨는 약간 어안이 벙벙한 표정으로 그 옆에 서 있었을 것이다. 어쩌면 그는 피아노를 연주하는 아시아 여자를 그때까지 단 한 명도 본 적이 없었을지도 모른다. 할머니의 연주가 계속될수록, 놀람과 당혹이 뒤섞였던 브뤼니에 씨의 눈빛에는 온화함과 설렘이 깃들 테지만 할머니는 그의 존재를 잠시 잊는다. 약간의 흥분 속에서, 할머니가 떠올리고 있는 사람은 여고 시절 짝사랑했던 유부남 음악 교사이기 때문이다. "난실아, 너는 음악에 특별한 재능이 있으니까, 음악을 많이 들어야 해." 전축도 피아노도 귀하던 시절, 여고생 난실에게 방과 후 피아노를 가르쳐주던 음악 교사. 그는 어느 날, 언제든 듣고 싶은 음악을 들을 수 있도록 전축이 있던 음악실의 열쇠를 아무도 모르게 난실에게 건네준다. 다른 친구들은 사랑 같은 것은 꿈꾸지도 못하던 시절이었다. 하굣길 모찌빵을 사 먹기 위해 빵집에 들렀다가 인근 학교의 남학생들과 마주치면 큰일이라도 난 것처럼 눈을 떨구며 뺨을 붉히던 친구들. 하지만 여고생 난실은 달랐다. 그녀가 갈망하던 것은 무엇이었나. 뭔가 특별한 것, 고양시켜주는 것, 그녀를 다른 세계로 데려다줄 그 무언가. 음악 교사와 교환하던 편지들. 악보 사이에 끼워 몰래 주고받던. 밤마다 그녀를 불면으로 이끌었던 것은 윤심덕과 김우진, 슈만과 클라라 같은 연인들의 이야기였다. 그녀는 앞으로 펼쳐질 인생에 놀라운 사건들이 가득할 거라는 사실을 의심치 않았고, 자신에겐 인생을 하나의 특별한 서사로 만들 의무가 있다고 믿었다.

할머니는 그 이후 주기적으로 브뤼니에 씨의 집을 찾아가 피아노를 친다. 과일이나 주스를 답례로 사 들고서. 프랑스에서는 타인의 집을 방문할 때 그런 것들을 사 가지 않는다는 것을 모르는 할머니는 그릇에 담아 가는 사과나 멜론, 병에 든 오렌지주스 같은 것들 앞에서 브뤼니에 씨가 왜 어리둥절한 표정으로 웃음을 터뜨리는지 이해하지 못한다. 할머니는 처음엔 피아노만 치고 일어났지만 시간이 조금 더 흐르면서 응접실에 앉아 차를 마시기 시작한다. 초반엔 브뤼니에 씨가 차에 설탕이나 우유, 혹은 레몬 조각을 넣지 않겠느냐고 묻는 것을 이해할 수 없

고, 그의 취향이 괴상하게만 느껴지지만—차에 우유라니!—이
제 할머니는 차에 우유 한 방울과 각설탕 두 알을 넣는 브뤼니
에 씨를 자연스럽게 받아들인다. 언어가 통하지 않지만 차를 마
시면서 그들은 사전을 사이에 두고 더듬더듬 대화를 시도하기
도 한다. 관사나 전치사, 부사 같은 것은 생략한 채 동사와 명사,
이따금 형용사 한두 개로 이어지는 대화들. 사전을 사이에 둔
대화이기 때문에 무슨 말을 하든 그들이 주고받는 동사는 시제
없이 원형으로밖에 표현되지 않는데, 어느 날 문득 할머니는 동
사를 사전에서 찾다가 삭제된 시제들은 대부분 과거형이며 할
머니에게 미래형 동사를 써서 표현할 것은 거의 없다는 사실을
깨닫는다. 그런 식으로 할머니는 아주 천천히, 브뤼니에 씨는
아내—그녀의 이름은 엘리안이다—가 4년 전 암으로 죽었다
는 것을, 대대로 재산이 많아 변변한 직업을 가진 적이 없다는
것을, 프랑스의 식민지였던 베트남에서 살았던 적이 있으며, 이
름이 장 폴이라는 것을 알게 된다. 브뤼니에 씨가 할머니는 이
름이 박난실이며, 한국인이고, 인생이 고독하다는 사실을 알게
되듯이.

응접실에 앉아 대화를 주고받거나 간혹 볕이 좋은 날이면 함
께 산책을 나가기도 하지만 할머니가 브뤼니에 씨의 집에서 가
장 많이 하는 일은 CD플레이어로 바흐나 모차르트의 음악을
듣는 것이다. 브뤼니에 씨가 CD를 틀고 차를 끓여 내오면, 할

머니와 브뤼니에 씨는 응접실의 의자에 일정한 사이를 두고 앉은 채 약속이나 한 것처럼 한 곡이 끝날 때까지 각자 할 일을 하며 음악을 듣곤 했다. 그러고 있노라면 오래된 기억들이 두서없이 떠올랐고 할머니는 음악이 인도하는 대로 몸을 맡긴 채 먼 여행을 떠났다. 희미한 포격 소리를 들으며 떠났던 피난길, 어느 들판에 서서 보았던 먼 곳 어딘가의 불길과 하늘을 덮은 검은 연기, 봇짐을 든 채 유령처럼 걷던 사람들의 행렬처럼 보는 순간에도 영원히 각인될 줄 알았던 장면들이 떠오르기도 했지만 어딘가에 남아 있는 줄조차 몰랐던 과거의 사소한 기억들이 불쑥 눈앞에 펼쳐지기도 했다. 결혼식 날, 맨살에 닿았던 하얀 저고리의 감촉과 거품처럼 보이던 레이스 면사포의 흰 무늬나 ─할머니는 부모의 뜻을 끝까지 거스르지 못한 대가로 자신이 무엇을 얻고 무엇을 잃을지를 당시 정확히는 알지 못했다─식당마다 2할 이상 잡곡을 섞어 밥을 지어야 했던 오래전의 어느 날 보았던 빗줄기 같은 것. 매일 똑같은 일상에 숨이 막혀 죽을 것만 같던 어느 날 아직 어린 아이들을 이웃집에 부탁하고 시내로 달려가 중부극장에서 보았던 영화는 아마도 「폼페이 최후의 날」이거나 「비 내리는 밤의 기적」이었을 것이다. 영화가 무엇이었는지는 확실치 않지만 그날 느꼈던 감각만은 이상하리만큼 선명했다. 극장에서 나와 홀로 거리를 걷다가 처마 밑에서 소나기가 그치길 기다리며 맡았던, 어느 가게의 생선구이 냄새. 뺨에 닿았던 습기의 감촉과 와아아 떨어지던 빗소리. 살아 있다는 감각과 동시에 찾아오던 이미 너무 늙어버린 것 같다는 느낌. 아, 그토록 오랜 시간이 흘렀는데 기억들은 어째서 이렇게나 생생할까?

돌이켜보면 할머니는 그즈음 눈에 띄게 아름다웠다. 프랑스에 온 이래 그만두었던 화장을 하기 시작하고, 내 방에 놓여 있는 향수—아버지를 졸라 생일에 받았던 캘빈 클라인이었다—를 가끔 나 몰래 뿌리다 들키기도 했지만 그런 이유 때문만은 아니었다.

"할머니 요즘 무슨 일 있어?"

모처럼 평화롭게 남동생과 나란히 식탁맡에서 숙제를 하다 말고 내가 할머니에게 물어본 것이 그런 날들 중 하루였을 것이다. 하지만 할머니는 "일은 무슨 일", 아무런 말도 하지 않고 나 역시 다시 숙제를 하기 위해 펼쳐놓은 사전 쪽으로 고개를 돌린다.

어느 겨울 오후였다. 할머니는 브뤼니에 씨의 집 응접실에 앉아 있었고, CD플레이어에서는 브람스가 흘러나오고 있었다. 오후의 빛이 뜨개질하는 손 위로 어른거려, 할머니는 고개를 들고 옆에 앉아 있던 브뤼니에 씨를 바라보았다. 너무 조용해 졸고 있을 거라고 생각했는데 그는 뜻밖에도 팔까지 걷어붙인 채

테이블 위에 각설탕들을 탑처럼 한 줄로 쌓고 있었다. 마치 대단히 중요한 일을 하는 사람처럼 심각한 얼굴로, 열중해서. 도대체 저건 뭐 하는 짓일까? 뭘 먹을 때마다 음식물을 바지춤에 흘리기 일쑤고 이따금씩 도무지 영문 모를 행동을 하는 이 불가해한 남자. 각설탕을 쌓는 브뤼니에 씨의 팔, 할머니처럼 검버섯이 피어 있지만 한국 남자의 것과 달리 은빛 털로 뒤덮여 있는 그의 팔을 바라보는데, 브뤼니에 씨를 할머니는 영원히 이해할 수 없으리라는 사실이, 그 역시 할머니에 대해서 끝내 알지 못하리라는 사실이 실감 났고 그러자 놀랍게도 가슴 안쪽에서 통증이 느껴졌다.

오래전, 스스로 너무 늙었다고 느꼈지만 사실은 아직 새파랗게 젊던 시절에 할머니는 늙는다는 게 몸과 마음이 같은 속도로 퇴화하는 일이라고 생각했다. 몸이 굳는 속도에 따라 욕망이나 갈망도 퇴화하는. 하지만 할머니는 이제 알았다. 퇴화하는 것은 육체뿐이라는 사실을. 그런 생각을 할 때면 어김없이 인간이 평생 지은 죄를 벌하기 위해 신이 인간을 늙게 만든 건 아닐까 하는 의문이 들었다. 마음은 펄떡펄떡 뛰는 욕망으로 가득 차 있는데 육신이 따라주지 않는 것만큼 무서운 형벌이 또 있을까? 꼼짝도 못 하는 육체에 수감되는 형벌이라니. 나이를 점점 먹으면서 할머니를 가장 두렵게 하는 것은 치매나 언젠가 차게 될지 모르는 오줌주머니가 아니었다. 할머니의 악몽에까지 찾아오는 공포는 언젠가 남편이 입원해 있던 요양병원에서 보았던 뇌졸중 환자처럼 전신이 마비되고도 또렷한 의식을 지닌 채 울부짖으며 여생을 살면 어떻게 하나 하는 것이었다.

그럼에도 이런 겨울 오후에, 각설탕을 사탕처럼 입 안에서 굴리면서 아무짝에 쓸모없는 각설탕 탑을 쌓는 일에 아이처럼 열중하는 늙은 남자의 정수리 위로 부드러운 햇살이 어른거리는 걸 보고 있노라면 할머니는 삶에 대한 갈망과 미래에 대한 기대가 또다시 차오르는 것을 막을 도리가 없었다.

인생에 무언가를 기대한다니. 얼마나 바보 같은 일인가. 그렇게 평생 동안 배신을 당해놓고도. 젊음을 다 바쳐 아이들을 길러봤자, 딸들은 평생 아들들만 끼고도는 엄마 때문에 상처를 받았다고 잊을 만하면 한 번씩 돌아가며 말을 했고, 아들들은 누나들보다 잘나지 못했다는 이유로 무시하는 엄마 앞에서 평생 주눅이 들었다고 술만 마시면 소리를 질렀다. "엄마는 어차피 우리 집 남자들이 숨 쉬는 방식까지도 못마땅하잖아요!" 언젠가는 손주들 또한 빚쟁이처럼 당당하게 비난해오겠지. 그런 상념에 빠져 있다 보면 자연스럽게 지금은 브뤼니에 씨가 여기에 있고, 할머니는 그와의 사이에 무언가, 공감이라든지 이해, 생의 가장자리로 떠밀려온 사람들 사이의 연약한 연대나 우정 같은 것이 존재한다고 믿고 있지만, 브뤼니에 씨는 할머니와의 시간에 아무런 의미도 부여하지 않을지 모른다는 생각이 들었다. 누가 알겠는가? 그에겐 말이 통하는 다른 친구들이 있을 테고, 심지어 애인이 있을지도 모르는데.

"난실!"

CD 재생이 끝난 줄도 모른 채 그런 상념에 빠져 있다 깜빡 졸고 있는데 갑자기 브뤼니에 씨가 할머니를 불렀다. 할머니가 눈을 떴을 때 발견한 것은 테이블 위에 놓여 있는 엄청난 높이의 각설탕 탑이었다. 켜켜이 쌓인 높다란 각설탕 탑.

"와!" 할머니가 탄성을 질렀다. 마치 경이로운 일을 난생처음 목격한 사람처럼.

할머니의 반응에 신이 난 브뤼니에 씨가 부엌에서 언제 가져온 것인지 모를 설탕 상자 안의 남은 각설탕들을 테이블 위에 아주 조심스럽게 마저 부었다. 테이블 위로 쏟아지는 정육면체의 갈색 설탕들. 할머니는 각설탕들을 바라보다가 가까운 쪽에 놓인 하나를 집어 입 안에 넣었다.

'아이, 달아.'

이런 천진한 달콤함이라니. 각설탕을 입 안에서 굴리자, 단맛이 서서히 퍼지고, 할머니의 머릿속에는 아주 어릴 때의 기억이 떠올랐다. 무슨 일인가로 혼난 후, 양장점 입구 앞 흙길에 앉아 울고 있던 어느 초봄, 할머니가 보았던 여자 손님의 우아했던 보라색 클로슈 모자. 인력거에서 내린 그녀가 할머니 손에 쥐여줬던 흑설탕 캔디. 난생처음 맛보았던 그 황홀하도록 달콤한 맛. 그 기억에 대해서도 브뤼니에 씨에게는 영원히 말할 수 없을 거란 생각이 들었다. 누구와 함께 있어도 낯선 섬에 홀로 표착한 것 같았던 할머니의 일생이나, 하루가 너무 길 때마다 차라리 빨리 죽여달라고 신에게 간구하지만, 죽음 이후를 막상 상상하면 어김없이 찾아오는 극심한 공포에 대해서 결코 말할 수 없을 것이듯. 하지만 어쩌겠는가? 우습게도 느닷없이 아무래도 좋다는 마음이 들었다. 예상치 못했던 일이 주는 즐거움. 계획이 어그러진 순간에만 찾아오는 특별한 기쁨. 다 잃은 것 같다고 생각하고 있으면 어느새 한여름의 유성처럼 떨어져 내리던 행복의 찰나들. 그리고 할머니는 일어나서 브뤼니에 씨와 함께 탑 위에 각설탕 하나를 더 쌓았다. 하나를 더. 또 하나를 더. 그러다 탑이 무너져 내릴 때까지. 각설탕들이 사방으로 흩어지고, 할머니와 브뤼니에 씨가 손뼉을 치며 웃음을 터뜨릴 때까지.

  브뤼니에 씨와의 이런 관계는 1년 가까이 지속되었다. 아버지 회사의 갑작스러운 경영난으로 인해 우리 가족이 뜻밖에 조기 귀국을 하기 전까지.
  "연애였네." 내가 이 이야기를 모두 들은 후 할머니에게 그렇게 말했다면 할머니는 손사래를 치며 "연애는 무슨."이라고 말했을 것이다. 하지만 할머니는 단 한 번도 나에게 브뤼니에 씨와의 이야기를 한 적이 없었다. 일방적인 귀국 통보에, 겨우 적응했는데 또다시 친구들과 헤어지는 것이 얼마나 괴로운 일인지 아냐며 아빠를 원망하던 내가 엇나가지 않도록 다독이거나, 한국 중학생 문화에 적응하지 못할 때마다 부모 잘 만나 외국물 먹었다고 티 내냐며 괴롭히던 아이들 때문에 우울증에 걸린 남동생을 보살피던 우리의 청소년 시절뿐 아니라, 나와 내 동생이 성인이 되어 각자 연애를 하고, 실연을 하던 그 모든 시간 내내. 그러므로 지금까지의 이야기는 내가 할머니의 일기를 통해 상상한 것뿐이다.

나의 상상 속에서 할머니와 브뤼니에 씨의 이별 장면은 이런 식이다. 색색의 글라디올러스가 활짝 핀 봄날의 공원이고, 둘은 처음으로 손을 잡고 있다. 아무 말 없이. 사방에선 싱그러운 풀냄새가 가득하고, 이별의 순간에야 처음으로 잡은 남자의 주름투성이인 손은 따뜻해서, 할머니는 생각한다. 그것은 얼마나 오만한 생각이었던가 하고. 노인의 삶이 사지가 마비된 뇌졸중 환자의 것과 다르지 않다니. 이렇게 살아서, 할머니의 몸은 이렇게 살아서 이 모든 것을 생생히 느끼고 있는데. 내가 읽은 할머니의 일기에 따르면 그날 브뤼니에 씨는 사전을 찾아서, 할머니에게 마지막으로 작별의 말을 건넸다. 브뤼니에 씨가 건넸다는 그 말에 대해서 할머니는 대명사 두 개와 동사 한 개라고만 적어놓았으므로 그 안에 감춰진 말이 무엇인지 나는 모른다. 그것은 어쩌면 "나는 당신을 기다릴게요 Je vous attendrai"일 수도 있고, "그리울 거예요 Vous me manquerez"일 수도 있고, 내가 상상하는 것처럼 "사랑해요 Je vous aime"일 수도 있지만 그 말이 진짜로 무엇이었는지 나로서는 영영 알 길이 없다.

내가 알고 있는 사실은 이런 것뿐이다. 그러니까, 할머니가 나에게 찾아왔던 지난밤 꿈에 대한 일. 꿈속에서, 할머니는 돌아가시기 전의 고통스러워하는 모습이 아니라 70대의 건강한 모습으로 아름다운 옷을 입은 채 희붐한 빛에 둘러싸여 서 있다. 그 세계에서 아마도 소녀인 나는 오랜만에 보는 할머니가 반가워 한달음에 달려가 품에 안긴다. 그런데 이건 무슨 향일까? 나는 할머니의 품에 안기는 순간 어디선가 풍겨오는 달콤한 향을 맡는다. 하지만 할머니의 모자 속이나 치마 속 어디서도 향의 진원지를 발견하지 못하고 나는 점점 초조해진다. "할머니, 할머니, 나를 좀 봐." 다급하게 부르는 소리에 할머니가 나를 돌아보고, 나는 할머니가 주먹을 꼭 쥐고 있다는 걸 불현듯 알아챈다. "할머니, 손을 펴봐." 나는 할머니에게 떼를 쓴다. 몇 번이나, 몇 번이나. 내가 울기 시작하면 할머니는 무엇이든 내가 원하는 대로 해줄 것을 알고 있기 때문에, 확신에 차서. 하지만 꿈속에서 할머니는 부드럽지만 단호한 목소리로 말한다. "안 돼." 그리고 할머니는 또 이렇게 덧붙이는 것이다. 조금은 고통스러운 것 같지만, 사실은 조금도 고통스러워 보이지 않는 얼굴로. 주먹을 더 꼭 쥔 채. "이건 내 것이란다."

작가 노트

「흑설탕 캔디」는 시몬 드 보부아르가 열여덟 살 때 습작으로 썼으나 완성하지 못한 첫 장편소설의 한 장면에서 영감을 받아 시작됐다. 이 이야기를 쓰는 동안, 나는 피아노 연주곡들을 종종 찾아 들었는데, 그중에서도 가장 많이 들은 것은 슈만의 「크라이슬레리아나」 16번이었다. 이루어지지 않는 사랑에 괴로워하고 있던 슈만이 호프만의 소설에서 영감을 받아 작곡한 후 연인인 클라라에게 헌정했다는 곡.

나는 오랫동안, 아주 오랫동안, 노년의 사랑 이야기를 쓰고 싶다는 마음을 품고 있었지만 그것이 난실과 장 폴의 사랑 이야기가 될 거라고는 미처 생각하지 못했다. 난실과 장 폴 사이에는 정말 무엇이 오갔던 것일까? 그것에 대해서는 나 역시 모르지만, 바라건대, 이 소설을 쓰는 동안 나에게 다가와 다정히 말을 걸던 '난실'의 사랑스러움이 이 글을 읽는 모든 독자에게도 전달이 되었으면 좋겠다.

선베드

강화길

강화길

2012년 경향신문 신춘문예에 단편소설 「방」이 당선되어 등단했다. 소설집 『괜찮은 사람』, 장편소설 『다른 사람』 등이 있다.

"언제 한번 뵈러 가야겠네."

할머니가 요양원에 입원한 날, 명주가 말했다. 그러나 이후 10개월간 그 약속은 지켜지지 못했다. 명주의 암이 재발했기 때문이다.

명주가 서른일곱 살에 유방암 진단을 받았을 때, 할머니는 그녀에게 유기농 브로콜리와 파프리카를 한 상자씩 사줬다. 수술 직후에는 병문안을 가는 내게 현미떡 두 상자를 들려 보냈다.

"이걸 명주 혼자 어떻게 다 먹어."

내가 투덜거리자 할머니는 신신당부했다.

"너 명주한테 잘해라. 잘해야 돼."

막 수술을 마친 환자에게 현미떡을 갖다주는 것이 과연 잘하는 일이 맞나 싶었지만, 나는 아무 말도 안 했다. 그나마 명주가

6인실에 있어서 다행이었다. 나는 손이 큰 할머니에 대해 시끄럽게 농담을 하며 주변 환자들에게 떡을 한 움큼씩 나눠주었다. 그때 옆 침대를 쓰던 아주머니가 내게 물었다. (그녀는 난소암 4기였는데, 2년 후 죽었다.)

"명주 씨랑 둘이 자매예요?"

나는 대답했다. "아뇨."

"병원 가까운 데 사나 봐요."

"아뇨. 지방 살아요. KTX 타고 왔어요."

"아우, 그럼 소꿉친구인가 봐?"

"아뇨. 저희는 서른 넘어서 친해졌어요. 제가 왕따라서 그때까지 친구가 없었거든요."

그 순간 명주가 내 소매를 잡아당겼다. 그만하란 뜻이었다. (명주의 얼굴에는 이렇게 쓰여 있었다. '뭘 그렇게까지 말해.') 하지만 나는 아주머니의 머쓱한 표정, 대체 어떻게 대꾸해야 할지 모르겠다는 당황스러운 얼굴을 굳이 확인한 뒤 고개를 돌렸다. 이전에도 그런 표정을 본 적이 있었다. 열한 살 때인가. 할머니와 정형외과에 갔을 때였다. 의사는 환자가 할머니가 아니라 나라는 걸 알고 약간 당황했다. 그는 중얼거리듯 말했다.

"이 나이에 허리가 아플 리가 없는데……."

그러더니 나의 엑스레이 사진을 보고 또 당황했다. 그는 내 척추뼈 중 하나가 부서졌다고 말했다. 부서졌다고? 열한 살인데? 그리고 뼈가 부서진 채로 살 수 있는 건가? 아, 물론 그는 살 수 있다고 호기롭게 말했다. 정확히는 척추 자체가 망가진 것은 아니고, 척추와 척추를 연결하는 아주 작은 뼈에 미세하게 금이 갔다면서. (그러면 처음부터 그렇게 말을 했어야지. 왜 척추 뼈가 부서졌다고 말하나. 할머니가 울기 전에 말했어야지.) 하지만 그는 또 말했다.

"한동안은 많이 아플 거야. 그리고 언젠가는 허리 디스크가 올 거야."

할머니가 눈물을 닦으며 물었다.

"아이고, 그럼 앞으로 어떻게 해야 하나요?"

"운동을 해야죠. 허리 근육을 강화하고."

그가 대수롭지 않다는 듯 대답했다. 그러다가, (대체 왜 그런 질문을 했는지 모르겠는데) 이렇게 말했다.

"엄마 아빠가 많이 걱정하시겠다. 그치?"

나는 바로 대답했다.

"둘 다 죽었는데요."

명주 옆자리 아주머니의 얼굴은 그때 그 의사의 얼굴과 비슷했다. 그 표정, 그래, 바로 그 얼굴! 사실…… 왕따였다는 대답은 거짓말이었다. 소꿉친구가 아니면 병문안도 못 오나 싶어서 약간 호들갑을 떨어본 것뿐이었다. 명주는 한숨을 내쉬면서도, 난소암 4기라는 이유로 병실 식구들에게 자주 신경질을 부리던 여자가 조용해졌다는 사실이 기쁜 듯했다. (2년 후 그 아주머니가 죽은 뒤, 명주는 이때의 감정을 후회했다.)

우리는 서른두 살에 책 대여점(그렇다, 이전에는 만화책 대여점이라는 것이 있었다)에서 만났다. 취향이 비슷해서 경쟁하듯 만화책을 빌려 보다 운명처럼 마주쳤고, 그러다 서로의 속내를 털어놓으며 다시없을 소울메이트로 발전했던 건 아니었고, 그냥 비슷한 시간에 책방에서 자주 마주친 덕분에 그렇게 되었다. 학원 강사였던 나는 오후 3시쯤 책방에 책을 반납하고, 새 책을 빌리곤 했다. 그 시간은 카페 직원이던 명주에게도 출근 시간이었다. 먼저 말을 건 사람은 명주였다. 나중에 안 사실인데, 명주는 낯선 사람에게 먼저 말을 거는 타입이 아니었다. 그러나 그날은 그렇게 했다. 그 이유에 대해 명주는 나중에 말했다.

"모르겠어. 그냥 네가 갑자기 익숙하더라고."

매번 같은 시간에 같은 공간에 있는 것, 말없이 책을 고르며 나란히 서 있는 것. 그리고 역시 비슷한 시간에 책방을 나서면서 살짝 눈인사를 하는 것. 그녀는 내가 오래된 친구처럼 느껴졌다고 말했다. 이에 내가 대답했다.

"역시, 내가 좀 그렇지?"

명주가 웃음을 터뜨리며 되받아쳤다.

"응, 그때는 네가 쓸데없이 인간미가 넘친다는 걸 몰랐지."

"알았으면, 말 안 걸었을 거야?"

명주는 대답하지 않았다. 계속 웃기만 했다.

어쨌든 그날, 책을 훑어보고 있던 내게 명주는 이렇게 물었다.

"저기, 그 책 어때요?"

나는 말수가 많은 사람이 아니다. 하지만 명주의 표현을 빌리자면, 좋아하는 것들에 대해서는 약간 쓸데없이 열정이 넘쳐서, 상대의 의사와 상관없이 길게 이야기할 수 있는 사람이다. 그건 인정한다. 할머니는 이런 내가 걱정되었는지, 항상 말하곤 했다.

"진서야, 모든 사람 마음이 너와 똑같지 않아. 선을 지켜."

그날 나는 명주에게 '선을 지키면서' 대답했다.

"진짜 재밌어요. 이전 작품보다 완성도는 떨어지는데, 감정적으로는 훨씬 깊어졌어요."

"그래요?"

"네."

동시에 나는 명주의 (강렬한) 시선을 느꼈다. 정말이다. 그녀가 나를 물끄러미 쳐다보고 있었다. 마치 내 이야기를 더 듣고 싶다는 듯 그 자리에 가만히 서 있었다. 하지만 나는 확신하지는 않았다. 속으로 외쳤다. '선을 지켜. 선을.' 하지만…… 내 이야기에 흥미가 없다면, 자리를 떠야 맞는 거잖아? 명주는 나를 뚫어지게 쳐다보고 있었고, (그때 왜 그렇게 쳐다봤어? 나중에 물어보니 명주가 말했다. 아니…… 그렇게 뚫어지게 쳐다보지는 않았는데?) 내 이야기를 기다리는 것 같았다. (어쨌든 더 듣고 싶었던 건 맞잖아? 맞지? 왜? 재밌었어? 아니, 그냥, 네가 말하는 게 웃겼어. 뭐랄까…… 엄청 흥분했더라고.)

결국 나는 떠들기 시작했다. 그 작가의 전작이 어땠는지, 그림체는 어떻게 발전했는지, 반복해서 그려내는 주제는 무엇인지, 그런 것들을 말이다.

그날 명주는 그 책의 1권을 빌려 갔다.

*

하지만 명주는 그 책의 2권은 읽지 않았다.

*

그때를 돌이켜보면…… 우리가 친구가 되었다는 사실이 정말 희한하게 느껴진다. 명주와 나는 정말이지 비슷한 점이라고는 없었다. 나는 장국영이나 임청하 같은 홍콩 배우들이 출연한 옛날 무협 장르를 좋아했고(지금도 나는 「동방불패」를 보면서 운다), 명주는 사람이 수십 명씩 죽어나가는 호러 장르를 좋아했다. (사라 폴슨? 최근 명주는 「아메리칸 호러 스토리」에 출연한 그 배우가 꿈에도 나왔다고 말했다.) 그래도 우리는 자주 같이 극장에 갔다. 각자 다른 영화를 보고 돌아오는 날이 더 많았지만, 어쨌든 우리는 계속 잘 어울려 다녔다. 출근하기 전, 한 시간 동안 카페에서 수다를 떨며 시간을 보내기도 했고, 주말에 만나 맛집을 돌아다니기도 했다. (그러나 정말이지 단 한 번도 먹고 싶은 음식이 일치했던 적이 없었다.) 나는 에스프레소와 밀가루 음식 중독자였지만, 명주는 한식과 차를 좋아했다. (때문에…… 명주가 병에 걸렸을 때 나는 이해할 수 없었다. 아파야 할 사람은 명주가 아니라 나였으니까.) 어쨌든 우리는 정말 잘 지냈고, 서로의 집에도 자주 놀러 갔다. 그래서 할머니도 명주를 알게 되었던 것이다. 할머니는 닮은 점이라고는 전혀 없는 우리를 보며 묻곤 했다.

"너희는 대체 왜 친하냐."

*

명주가 첫 번째 수술을 받던 날, 그 여섯 시간 동안, 나는 이유를 생각해봤다. 그러니까 우리가 친한 이유를 말이다. 시간 때문인 것 같았다. 명주가 나와 비슷한 시간에 출근하고 퇴근하는 사람이어서 그렇다고 말이다. 나와 비슷한 시간에 일어나서 비슷한 시간에 잠드는 사람. 언제든 만나서 수다를 떨 수 있는 같은 동네 친구. 나와 함께 있어준 사람.

한심하군.

친구가 죽을지도 모르는데, 겨우 그런 생각이나 하며 앉아 있었다니.

*

이번 주 금요일, 우리는 드디어 시간을 맞췄다. 할머니를 보러 가기로 했다.

*

'행복요양원'은 구도심 끄트머리의 언덕에 자리하고 있었다. 처음에 나는 이 요양원에 할머니를 모시는 걸 반대했다. 뭐랄까, 이 언덕은 이상하게도 올 때마다 조금씩 높아지는 것 같았다. 물론 꼭 그 이상한 착각 때문에 싫었던 건 아니다. 구도심이 마음에 안 들었다. [평아동이라는 멀쩡한 지명이 있었지만, 다들 굳이 구(舊)도심이라고 불렀다.] 오랜 시간에 걸쳐 사람들이 천천히 빠져나간 구도심에는 점포 정리 상점들과 점집들이 즐비했다. 10년 전까지만 해도 이 정도는 아니었다. 낮에는 일하는 사람들로 북적였고, 밤에는 놀러 나온 사람들로 정신이 없었다.

이 도시의 사람들은 만날 일이 있으면 꼭 구도심에서 약속을 잡았다. 그런데 언제부터였을까. 아니, 왜 이렇게 되어버린 걸까. 아무도 그 변화를 눈치채지 못했다. 나이를 먹는 것과 비슷했던 것 같다. 사람들은 구도심이 망해가는 걸 오랜 시간에 걸쳐 천천히 지켜보았다. 자신들이 보고 있는 것이 무엇인지도 알지 못한 채. 어느 날 구도심에 다녀온 할머니가 그런 이야기를 했다.

"그런 걸 보면, 내가 살아 있다는 사실이 신기해."

이제 구도심은 폐가나 다름없었다. '행복요양원'은 그런 곳에 있었던 것이다. 할머니 정신이 온전했다면 뭐라고 이야기했을까. 신경질을 내며 이렇게 말했을 것이다.

"나보고 여기서 살라고? 정신을 잃은 건 내가 아니라 너희들이 아닐까."

분명 그렇게 말했을 것이다. 구도심. 폐허가 된 옛 시절, 아니 사실 그게 문제가 아니었다. 간판. 그래. 간판이 문제였다. '행복요양원' 간판에 새겨진 이 다섯 글자는 형광 분홍색이었다! 아주 찬란하게 빛나는 분홍색!

하지만 할머니 정신이 돌아오는 일은 없었고, 그래서 그녀에게 비난받는 일도 없었다. 그리고 막상 들어가 보니 '행복요양원'은 생각보다 꽤…… 괜찮았다. 건물 안에서는 민트향 방향제 냄새가 났고, 깔끔했고, 직원들은 친절했다. 그러나 나쁘지 않았을 뿐, 한없이 부족했다. '생각보다 괜찮다'는 사실은 어쨌든 기대보다는 못하다는 뜻이었으니까. 나는 그곳에 할머니를 두고 나와야 한다는 사실을 견딜 수 없었다. 이에 이모가 짜증을 냈다.

"나도 다 마음에 드는 건 아냐. 하지만 어떡해? 어떡할 건데?"

사실이었다. 이모도 나도, 이보다 더 좋은 시설을 감당할 경제적 능력이 없었다. 그렇다고 해서 둘 중 한 사람이 할머니를 모시고 살 수는 없었다. 그녀는 나와 이모를 알아보지 못했고, 말도 잘 하지 못했으며, 무엇보다 대소변을 가리는 일이 어려워지고 있었다. 이모 말이 맞았다. 이제 그것을 누가 어떡해? 어떡할 건데? 그렇다고 해서 요양원을 무조건 좋아할 수는 없었다. 당연하지 않은가.

할머니의 입원 수속을 마치고 돌아가는 길, 이모가 내게 말했다.

"계속 오가다 보면 익숙해질 거야. 혹시 아니, 할머니 집처럼 느껴질지."

이모의 말에서는 어떤 악의도 느껴지지 않았지만, 오히려 애정이 느껴졌지만, 그녀가 나를 어떻게 생각하는지 역력히 알 수 있었다. 엄마가 거둔 아이. 엄마가 키우게 된 조카. 죽은 언니의 딸. 그녀는 할머니 집이 내 집이라는 생각을 해본 적이 없는 것 같았다.

(선을 지켜. 선을.)

"간판이 형광 분홍색이야?"

명주의 말에 나는 고개를 들었다.

"응, 좀 그렇지?"

"좀 그런 정도가 아닌데? 색이 왜 저래?"

사실이었고, 요양원으로 향하던 내내 사로잡혀 있던 생각이었는데 짜증이 났다. 할머니가 계신 곳인데 좀 모른 척해줄 수 없나. 그러니까 내가 할머니를 이런 별 볼 일 없는 곳에 모시고 있다는 사실을 말이다. 하지만 꼭 그 때문만은 아니었다. 실제로 나는 아침부터 명주에게 살짝 화가 나 있었다. 그녀가 약속 장소에 조금 늦게 도착했던 것이다. 반면 나는 늦을까 봐 서둘러 나왔다. (포도를 놓고 왔다. 할머니에게 주려고 사둔 포도 두 송이!) 하지만 그보다 더 짜증이 났던 건, 명주가 미안하다는 말도 없이 차 속에서 20분 내내 조용히 앉아 있었다는 사실이다. 처음에는 걱정했다. 몸이 안 좋나? 무슨 일이 있었나? 당연히 그런 생각을 할 수밖에 없었다. 명주의 두 번째 수술은 첫 번째 수술보다 시간이 오래 걸렸다. 그녀는 심적으로도 이전보다 더 힘들어했다. 첫 번째 수술 때만 해도 지금보다 훨씬 젊었다. (30대! 우리는 30대였다!) 완치하겠다는 목표가 있었다. 그러나 수술하지 못하고 남겨둔 암은 끝내 사라지지 않았고, 결국 두 번째 수술을 해야만 했다.

그 이후 명주는 완치에 대해 언급하지 않았다. 대신 자주 침

묵했다.

그리고 나는 항상 명주의 눈치를 봤다. 몸이 안 좋나? 무슨 일이 있었나? 그래. 명주의 침묵을 살피던 그 20분 동안 나는 깨달았던 것이다. 꽤 오랫동안 이런 식으로 살아왔다는 것을. 그 바람에 포도를 두고 나왔다는 사실도.

할머니를 바로 만나지는 못했다. 일광욕 시간이라고 했다. 우리는 안내를 받아 삼층 로비로 갔다. 햇살이 들어오는 통유리창 앞에 노인들이 일렬로 앉아 있었다. 운동이 부족한 노인들이 햇볕을 쬐는 방법 중 하나라고 했다. 노인들이 창문 앞에 나란히 줄 서 있는 모습이 약간 우스꽝스러웠다. 명주가 말했다.

"버섯 말리는 것 같네."

나는 그 농담이 웃기다고 생각했지만, 반응하지 않았다. 어쩐지 오늘은 죽이 맞고 싶지 않았다. 잠시 후, 간병인이 할머니를 데리고 우리에게 다가왔다. 나는 웃으면서 앞으로 걸어가 할머니를 맞이했다. 햇살 때문인지 할머니의 몸이 약간 따뜻하게 데워져 있었다. 휠체어에 앉아 있긴 했지만 할머니는 여전히 키가 크고 덩치가 좋았다. 그런데 살이 조금 빠진 듯했다. 약간 걱정이 됐다. 알츠하이머를 제외하면 할머니는 아픈 곳이 거의 없었기 때문이다. 나는 간병인에게 우리가 있을 테니 얼마간 밖에 다녀오셔도 좋다고 말했다.

할머니가 명주와 나를 번갈아 바라봤다. 그 눈빛에는 우리를 알아본다거나 그래서 무슨 생각을 하고 있는 것 같다거나, 그런 느낌이 거의 없었다. 그렇다고 명해 보이지도 않았다. 그녀는 분명 무언가를 보고 있긴 했다. 뭐랄까, 할머니는 자신과 우리 사이에 존재하는 다른 것을 보고 있는 것 같았다. 그건 무엇일까. 기억일까. 아니면 상상일까. 갑자기, 할머니의 목소리가 들리는 것 같았다. "진서야, 선을 지켜. 선을."

명주가 할머니를 불렀다.

"할머니, 잘 계셨어요? 명주예요."

할머니의 시선이 천천히 명주에게 향했다. 그녀를 알아보는 것 같지는 않았다. 명주는 조금 슬퍼 보였다. 평소 할머니는 명주에게 잘해줬다. 명주도 할머니에게 잘했다. 두 사람이 더 가족처럼 느껴질 때도 있었을 정도니까. 명주가 아플 때도 그랬지만, 할머니는 내게 항상 말했다. "너 개한테 잘해라. 잘해."

할머니가 명주를 마음에 들어 한다는 사실이 서운하게 느껴질 때도 많았다. 그녀는 명주의 좋은 점, 그러니까 말이 없고 신중하고 인내심이 강한 성격을 자주 칭찬했고, 내가 배워야 한다고 말했다. 특히, 인내심을 강조했다. 명주를 칭찬하는 건, 내 성격을 지적하는 일이었기에, 어쩔 수 없이 종종 그런 생각이 들었다. 그러니까, 오래전 마음속에 파묻은 비밀스러운 궁금증들이 투두둑 튀어나오곤 했다. 할머니는 나를 맡아 키우는 걸 기꺼이 선택했을까? 나를 사랑하긴 할까? 아니면 그저 책임감을 느끼는 걸까? 할머니는 나랑 사는 게 좋을까…….

갑자기 할머니가 명주의 가방을 낚아챘다. 가방 속을 뒤적거리더니, 다음에는 내 가방을 가져갔다. 그러더니 그 안에서 크라운산도 과자 두 개를 찾아냈다. 그녀는 그걸 곧장 뜯어 입에 몰아넣었다. 나는 깜짝 놀랐다.

"할머니!"

그러나 할머니는 대답도 하지 않았다. 허겁지겁 과자를 입에 욱여넣을 뿐이었다. 알츠하이머에 걸리면 식성도 변한다더니, 그 때문일까. 나는 또다시 그녀가 낯설었다. 할머니는 군것질을 즐기는 편이 아니었고, 과자는 더더욱 좋아하지 않았다. 그런데 지금 할머니는 크라운산도를 게걸스럽게 먹어치운 뒤 우리를 번갈아 쳐다보고 있었다.

나는 명주를 힐끔 쳐다봤다. 그리고 생각했다.

역시. 포도를 가져왔어야 했는데.

이거 참, 어떻게 해야 하나. 어떡해?

그런데 때마침 병실에서, 문병을 온 옆 침대 환자의 가족이 화과자를 나누어주고 있었다. 약간 마음이 다급했던 터라 나는 고맙다는 말도 없이 과자를 덥석 받아 들었다. 그리고 할머니는 내 손에서 바로 과자를 집어 들었다. 이번에는 과자를 거의 껍질째 입에 넣으려 했다. 나는 황급히 소리쳤다.

"할머니, 잠깐만, 잠깐만. 내가 뜯어줄게."

할머니가 내 손등을 때렸다. 무서운 재촉에 살짝 몸이 떨렸다. 할머니가 과자를 입에 몰아넣는 광경을 보기가 힘들었다. 과자 조각이 그녀의 가슴께로 떨어졌고, 손가락에는 과자의 진득한 앙금이 덕지덕지 묻었다.

"밥이 모자라서 그래요."

낯선 목소리에 나는 고개를 돌렸다. 화과자를 나누어준, 옆 침대 환자의 딸이었다.

"무슨 말씀이세요?" 명주가 물었다.

"덩치가 좋으시잖아. 여기서 주는 밥은 턱도 없이 모자라지. 매일 밥 더 달라고 하셔."

여자가 대답했다. 그러더니 덧붙였다. 다른 환자들 가족이 문병을 오면, 할머니가 그쪽 침대를 계속 배회한다고.

"왜요?" 역시 이번에도 명주가 물었다.

여자가 빙그레 웃으며 대답했다.

"왜긴. 먹을 거라도 나눠줄까 싶어서 그러는 거지."

(선을 지켜. 선을.)

나는 능청스럽게 대꾸했다.

"그러게요. 밥 좀 더 달라고 해야겠어요."

"아유." 아주머니가 우리를 향해 손을 내저었다. "이미 엄청 드셔. 엄청!"

그때 명주가 자리에서 일어났다.

"어디 가?"

내가 물었지만 명주는 대답하지 않았다. 그녀는 뒤도 돌아보지 않고 휘적휘적 걸어가더니 이내 눈앞에서 사라져버렸다. 여자의 말을 듣고 있기가 피곤했던 모양이다. 순간 나는 마음 한편에서 뭔가 끊어지는 기분이 들었다. 그래. 도저히 선을 지킬 수 없었다. 명주가 미웠다. 나라고 해서 이 이야기를 듣고 있는 게 편할 것 같니? 내 할머니였다. 내 가족이었다. 그런 내가 이렇게 애써서 분노를 참고 있는데, 함께 견뎌줄 수는 없는 거야? 내내 쌓인 감정들이 한꺼번에 밀려왔다. 자기 몸 챙기는 건 어쩔 수 없다지만, 그렇다고 이렇게 혼자 사라져버려도 되는 건가. 어쩔 수 없이 기분이 확 가라앉았다.

잘하라고? 저런 애한테 대체 뭘 잘하라는 거야?

나는 할머니를 쳐다봤다. 식탁에 두고 온 포도 두 송이가 생각났다. 그걸 챙겨 왔다면 할머니 간식으로 적당했을 텐데. 과자 부스러기 대신, 할머니가 좋아하는 건강하고 맛있는 포도를 드시게 할 수 있었을 텐데. 하지만 무슨 소용인가. 지금 할머니는 계속 과자만 먹고 있었다. 그리고 여자는 측은하다는 눈길로 할머니를 한번 쓱 바라보더니, 가방에서 책을 꺼냈다. 성경이었다.

할머니, 선을 지킨다는 건 대체 뭐야?

나는 그 자리에서 이모에게 전화를 걸었다. 그녀는 곧장 전화를 받았다. 나 역시 망설이지 않고 바로 이야기했다.

"이모, 왜 말 안 했어?"

"뭐?"

"여기 할머니 밥이 적대."

"뭐라고? 너 요양원 갔니?"

"여기 할머니 밥이 적다잖아. 옆자리 분들 음식 뺏어 먹는다잖아."

"애가 왜 이래. 누가 그래?"

"아니, 지금 여기 왔더니 우리 할머니가 옆자리 분들 음식을 막 가져간다잖아."

여자가 슬쩍 고개를 돌려 나를 보는 게 느껴졌다. 나는 이모에게 더 쏘아붙였다.

"왜 말 안 했어? 알았으면 내가 먹을 걸 더 가져왔을 거 아니야. 옆자리 분들 음식도 좀 드리고. 이게 무슨 민폐야. 할머니 배고프다잖아. 할머니가 왜 구걸하게 만들어."

(선을 지켜.)

하지만 말은 이미 흘러나오기 시작했다. 옆자리 여자가 내 눈치를 보는 것 같았다. 가라앉았던 기분이 갑자기 좋아졌다. 마음 안에 꽉 눌러놓았던 어떤 것들이 마구잡이로 쏟아져 나오는 듯했다. 그래요. 그러니까 먹는 거 가지고 노인 양반 뭐라고 좀 하지 맙시다. 서로 힘든 처지에 이해하며 살자고요. 기분이 점점 더 고조되었다. 여자에게 직접 한마디 쏘아붙일 수도 있을 것 같았다. 무슨 말이든, 얼마든지 할 수 있을 것 같았다. 뭐라고 할까. 무슨 말을 하지. 머릿속에 온갖 단어가 뒤엉켜 떠올랐다.

그 순간, 이모가 소리를 질렀다.

"야!"

"응?"

"너 정신 안 차려?"

"내가 뭘?"

"너 내가 지난번부터 할머니 보러 가면 먹을 거 챙겨 가라고 했어, 안 했어. 몇 번 말했어."

나는 그런 말을 들은 기억이 전혀 없었다.

"또 잊었지?"

"내가 뭘?"

"항상 그러잖아. 내가 그날 식구들 다 있는 데서 말했잖아. 또 지 기분에 취해서 남들이 하는 말 듣는 둥 마는 둥 했겠지."

"내가?"

"아우, 지겨워. 지겨워. 무슨 뽕 맞은 년도 아니고."

그리고 이모는 전화를 확 끊어버렸다. 나는 아직 통화가 안 끝난 척, 전화기를 붙잡고 서 있었다. 뭔가 묵직한 것이 몸에서 떨어져 나간 것 같았다. 그때 뒤에서 누군가 내 손목을 끌어당겼다. 할머니였다. 그녀가 나를 물끄러미 쳐다봤다. 그래. 할머니는 나를 항상 이렇게 쳐다봤다. 생각나는 말을 있는 그대로 내뱉을 때, 감정을 주체하지 못해서 목소리가 커질 때, 갑자기 거짓말이 흘러나올 때 할머니는 늘 이런 표정으로 나를 봤다.

할머니에게서 알츠하이머 증상이 나타나기 시작했을 무렵, 친척들은 할머니가 고생을 너무 많이 해서 이렇게 되었다고 말하곤 했다.

명주가 다시 미웠다. 그녀가 일찍 나왔으면 포도도 챙겨 왔을 것이고, 여자에게 쓸데없는 말을 들을 일도 없었을 것이고, 이모에게 전화해서 생떼를 부릴 일도 없었을 것이다. 나는 선을 지킬 수 있었겠지. 이제 할머니가 없다는 사실을 이렇게 절실하게 느낄 필요가 없었겠지. 울컥 목이 메었다. 정말이지 이제 더는 참을 수 없었다. 나는 할머니의 손을 그대로 잡아끌었다.

"집에 가자. 할머니."

나는 할머니를 휠체어에 앉혔다. 다 필요 없어. 이런 데 있어서 뭐 해. 밥도 많이 안 주는 곳에서. 내가 할머니 돌봐줄게. 일은 그만두면 되지. 그만두면 돼. 그렇지 할머니? 하지만 무서웠다. 이상했다. 내 마음이 내 마음 같지 않았다. 이러고 싶지 않은데. 이러면 안 될 것 같은데. 하지만 손을 멈출 수 없었다. 북받쳐 오르는 감정을 막을 수 없었다. 어떤 경계를 넘어버린 것 같왔다. 어디론가 확 뛰쳐나가고 싶고, 뛰어내리고 싶은…….

이럴 때마다 할머니가 학교에 불려 오곤 했었다.

나는 할머니의 옷가지를 대충 집어 가방에 쑤셔 넣었다. 눈물
이 나올 듯 말 듯 코끝이 아렸다. 울음을 참으려 심호흡을 하고,
고개를 뒤로 젖혔다. 그러다 옆자리 여자와 눈이 마주쳤다. 여
자는 모르는 척 눈을 감더니 성호를 그었다.

성부와 성자와 성령의 이름으로.

아멘.

*

내가 여자에게 뭐라고 지껄였는지 기억나지 않는다.

*

지껄이기만 했나? 그럼 다행인데.

*

정신을 차렸을 때, 나는 이미 할머니를 태운 휠체어를 밀며
복도를 걷고 있었다. 얼굴이 뜨거웠다. 손이 떨렸다. 복도의 사

람들이 나를 힐끔거리며 쳐다보는 것이 느껴졌다. 나는 고개를 숙였다. 오른쪽 손등 가운데에 생채기가 나 있었다. 할머니의 희끗한 뒤통수가 눈에 들어왔다. 머리카락이 많이 빠져서 두피가 훤히 보였다. 나는 다시 고개를 들었다.

저 앞에 명주가 보였다. 그녀는 간호사와 이야기를 나누고 있었다. 분위기가 심각했다. 처음에는 간호사가 나를 쳐다보며 약간 목소리를 높였고, 그다음에는 명주를 보며 고개를 끄덕였고, 이내 자리를 떠났다. 명주는 이제 혼자 복도에 서 있었다. 나를 기다리는 것 같았다. 할머니도. 그녀의 왼손에 무거워 보이는 검은 봉지가 들려 있었다.

명주가 나직하게 물었다.

"어디 가려고?"

"집."

나는 대답했다. 그리고 손등으로 눈물을 닦았다. 생채기 때문에 피부가 따끔거렸다.

"할머니도 모시고 가게?"

명주가 또 물었고, 나는 고개를 끄덕였다. 명주는 더는 아무것도 묻지 않았다. 대신 가만히 덧붙였을 뿐이다.

"그럼 포도 먹고 가자."

그제야 나는 그녀의 손에 들린 검은 봉지 속에 포도가 가득 들어 있다는 걸 알았다. 이걸 사러 밖에 다녀온 모양이었다. 명주는 포도를 먹을 마땅한 자리를 찾아보겠다며 앞서 걸었다. 나는 할머니의 휠체어를 밀며 뒤따라 걸었다. 그제야 할머니의 무게가 새삼 느껴졌다. 말도 없고, 별다른 움직임도 없었지만, 그녀는 내 앞에 있었다. 나는 왼손을 할머니의 어깨 위에 올려놓았다. 그리고 할머니가 내 손을 잡는 상상을 했다. 명주가 저 멀리서 손짓을 했다.

우리는 노인들이 햇볕을 쬐던 삼층 로비로 갔다. 아직 햇살이 완전히 가시지 않아서, 빛이 투명한 창 안으로 쏟아져 들어오고 있었다.

명주가 포도를 씻어 왔다. 포도알 사이로 물방울이 뚝뚝 떨어졌다. 단내가 진하게 풍겼다. 명주는 포도 껍질을 까서 할머니의 입에 한 알씩 넣어주었다. 할머니는 천천히 포도를 씹었다. 나는 로비 의자에 등을 기대고 앉아 두 사람을 지켜보았다. 언제나 그렇듯 두 사람은 가족처럼 다정해 보였다. 햇살에 눈이 찌푸려졌다. 앞이 잘 보이지 않았다. 나는 그 상태로 계속 있었다. 사실, 내가 왕따였다는 말은 거짓말이 아니었다. 나는 지나치게 감정적이었고, 내 기분에 취해 있는 순간이 많았다. 그 때문에 어리석은 선택을 많이 했다. 생각나는 대로 지껄였고, 소리를 질렀다. 내 마음을 알아주지 않는 사람들을 증오했다.

다행히도, 나이를 먹으며 조금씩 자제할 수 있게 됐다. 하지만 나는 나였다. 여전히 누군가에게 그의 의사와 상관없이 과하게 다가섰다. 기대했고, 실망했고, 미워했다. 사람과 사람 사이의 적당한 거리를 가늠하지 못했다. 상처를 드러내지 않고는 견디지 못했다. 그런 일들이 끊임없이 반복되었다. 그리고 아주 간신히 한 가지 사실을 깨달았다. 나는 누군가와 결코 가까워질 수 없는 사람이다. (그러니까, 선을 지켜. 선을.)

명주를 만났을 때, 그러니까 서른두 살에, 아니나 다를까, 우리는 가까워진 지 일주일 만에 싸웠다. 그녀가 내가 소개한 책의 2권을 보지 않겠다고 말했기 때문이다.

"내 취향이 아니야."

그 말에 나는 미쳐 날뛰었다. 그녀가 마치 나를 거부한 것처럼 굴었다. 나를 비난하고, 평가한 것처럼 굴었다. 나는 이후 그녀를 다시 볼 일이 없을 거라고 생각했다. 모두가 그랬듯 그녀도 나와 연락을 끊을 것이고, 나를 싫어하게 될 것이라 생각했다. 하지만 다음 날 그녀는 내게 전화를 걸었다. 그리고 말했다.

"네가 싫은 게 아니야. 그 책이 재미없는 거지. 그건 달라."

다음 날, 나는 할머니에게 집에 친구를 초대해도 되냐고 물었다.

"간호사가 뭐래?"

나는 명주에게 물었다. 그녀는 포도 껍질을 까며 대답했다.

"문제 일으키지 말래."

나는 또 물었다.

"이번에는 얼마나 커?"

"문제?"

"응."

그녀가 나를 쳐다봤다. 부기가 빠지지 않은 얼굴은 무척 피로해 보였다. 양 볼에는 기미가 가득했고, 눈가는 새까맣게 물들어 있었다. 눈썹은 듬성듬성했고, 피부는 거칠었다.

나는 손등으로 다시 눈가를 닦았다. 그런 나를 보며 명주가 물었다.

"옆자리 아주머니에게 사과할 거야?"

"응. 할게."

"그럼 괜찮아. 사과하면 해결될 정도야."

할머니가 나를 쳐다보았다. 그녀는 뭘 보는 걸까. 나를 보는 걸까. 아니면 기억 속의 누군가를 보는 걸까. 그날 내가 명주를 집에 초대해도 되냐고 물었던 날, 할머니는 애써 침착한 척했다. 그녀는 내가 맞이할 또 하나의 파국, 어차피 틀어질 기대를 걱정했던 것 같다. 하지만 그녀는 알겠다고 대답했다.

"괜찮아. 언제든 데려와."

할머니가 명주를 어떻게 생각하는지 물어본 적은 없다. 그럴 필요가 없었다. 할머니는 명주를 좋아했고, 그녀의 많은 부분을 칭찬했다. 그게 진심이라는 걸 모를 수 없었다. 그녀는 늘 나를 걱정했고, 자신이 세상을 떠난 뒤 혼자 남을 나에 대해 늘 생각했으니까. 물어보지 않아도 알 수 있었다. 하지만 모르는 게 더 많았다. 손녀가 서른두 살에 사귄 첫 친구는 유방암에 걸릴 것이고, 이후 자신은 치매에 걸려 그 손녀를 완전히 잊어가게 되리라는 것. 그 아이는 끊임없이 선을 넘을 것이고, 이 때문에 남아 있는 사람들을 잃어버릴까 봐 늘 겁에 질린 채 살게 되리라는 사실을. 그리고 실제로 두 사람이 자신을 떠나가는 과정을 지켜보게 되리라는 것. 나이를 먹듯, 아주 천천히 오랜 시간에 걸쳐, 그 일을 경험하게 되리라는 것.

모두 내 탓이라고 느끼리라는 것.

그럼에도 불구하고, 기대하는 것을 멈추지 못하리라는 것.

할머니, 이런 게 살아 있다는 거야?

두 사람의 어깨에 머물러 있던 햇빛이 서서히 사라졌다.

허리가 아팠다.

언제까지나 너와 이야기를 하고 싶어.

이 소설은 그 마음에서부터 시작되었다.

위대한 유산

손보미

손보미

2009년 『21세기문학』 신인상을 수상하고, 2011년 동아일보 신춘문예에 단편소설 「담요」가 당선되어 등단했다. 소설집 『그들에게 린디합을』, 『우아한 밤과 고양이들』, 『맨해튼의 반딧불이』, 중편소설 『우연의 신』, 장편소설 『디어 랄프 로렌』 등이 있다.

그날 저녁 식사 내내 아주머니는 그녀를 '도시 처녀'라고 불렀다. "우리 집 음식이 도시 처녀 입에 맞을지 모르겠네."라든가 아니면 "도시 처녀들은 식사가 끝난 뒤에는, 그 뭐라더라? 그래, 디저트를 먹지?"라는 식으로. 시간이 흐른 후에, 그녀는 그런 말을 하던 아주머니의 표정이나 말투에 유별난 점이 있었는지, 어떤 기미―막연한 적개심―같은 것이 있었는지 되짚어본 적이 있었다. 그런 게 있었을 것이다. 아무리 숨기려고 갖은 애를 써도 어쩔 수 없이 불쑥불쑥 삐져나오던 어떤 감정들이. 그리고 그녀는 그런 걸 대수롭지 않게 여기려고 노력했을 것이다. 혹은 잘못 생각하고 있는 거라고 자신을 타일렀거나. 어쨌든 당시 그녀는 자신에게 약간이나마 피해망상이 있다는 사실을 인정하려고 필사적으로 노력하고 있었으니까. "당신이 느끼는 감정이 무조건 진실이리라는 보장은 없어요." 그녀의 테라피스트는 그렇게 말했었다.

하지만, 아니다. 그날 밤만큼은 그녀는 그런 노력을 하지 않았다. 그녀는 그런 가능성, 아주머니가 자신을 싫어하고 있으리라는 가능성은 아예 떠올리지를 못했다. 그날 오후, 10년 만에 우연히 마주친 아주머니는 그녀를 한눈에 알아봤고, 스스럼없이 그녀의 팔을 끌어당겼다. 마치 그게 자신에게 주어진 최대의 의무라도 된다는 듯이. "얘, 여기서 이러지 말고 우리 집에 가서 저녁이나 먹자. 얼른 가자니까?" 누가 미워하는 사람을 그런 식으로 자신의 집으로 끌고 가다시피 해서 저녁을 대접하겠는가?

그래서 아주머니가 도시 처녀 운운하고 있을 때, 그녀는 그저 마음속으로 이런 생각을 하고 있었다.

'그럼 아주머니 아들은 시골 청년인가요?'

하지만 그녀는 그 말을 절대로 입 밖에 내지는 않을 작정이었다. 무엇보다 이 도시는 절대로 '시골'이라고 불릴 만한 곳이 아니었다. 시내에는 서울에나 있을 법한 커다란 백화점이 하나 있었고, 거리를 걸어다니는 사람들은 활기에 차 있었으며, 시중에는 돈이 흘러넘쳤다. 적어도, 그녀가 이 도시를 떠났던 10년 전까지는 그랬다. 그녀는 이 도시에서 16년 동안 살았다. 여섯 살 때, 아버지가 돌아가시고 할머니가 어머니와 그녀를 이곳으로 불러들인 이후로, 16년 동안. 할머니는 어마어마하게 큰 집에서 혼자 살고 있었다. 진회색 페인트가 칠해진, 커다랗고 웅장한 철제 대문을 밀고 한참 동안 정원을 걸어가야 건물로 들어갈 수 있는, 눈부신 초록색 잔디와 값비싼 소나무, 돌들로 장식한 집. 그녀의 할머니는 한여름을 제외하고는 본견으로 만든 한복을 입고 지냈다. 목소리를 높이는 법은 잘 없었지만, 상당히 변덕스러운 편이었다. 표정만으로 모든 걸 다 표현할 수 있는 그런 부류. 그 집에서 할머니의 말은 거의 법이나 다름없었다. 할머니는 식재료는 직접 구입했지만 부엌에는 들어가지 않았다. 외출을 할 때에는 언제나 양산(비단 자수가 들어간 그 색색깔의 양산들!)을 쓰고 다녔고, 동네 사람들이 할머니에게 인사는 했지만 친근하게 말을 거는 경우는 거의 없었다. 할머니는 부자였다. 아니다, 사실은 할아버지가 부자였고, 할아버지가 사망한 후 그 재산을 할머니가 물려받은 것이다. 그 집도 할아버지가 직접 설계한 것이었다. 할아버지는 그녀의 아버지가 결혼을 하기도 전에 돌아가셨기 때문에 실제로 만나본 적은 없었고—사진은 뻔질나게 보았다. 할머니네 집 현관에는 할아버지, 할아버지의 아버지, 할아버지의 어머니 사진이 각각 걸려 있었고, 그녀는 나중에서야 그것들이 영정 사진이라는 사실을 깨달았다—그녀는 할아버지가 살아생전 어떤 일을 해서 그렇게 큰돈을 벌었는지도 알지 못했다.

할머니네 집에서 산 지 얼마 되지 않았을 때, 그녀 앞에서 종종 할머니가 이렇게 말할 때가 있었다. "이 집 남자들은 단명하는 게 팔자인가 보다." 나중에 그녀가 어머니에게 '단명'이 무슨 의미인지 물어보니까, 어머니는 이렇게 말했다. "너네 할머니는 정말 부주의한 사람이다. 어떻게 네 앞에서 그런 말을 할 수가 있는지 난 모르겠어." 그녀는 어머니에게 또다시 질문할 수밖에 없었다. "엄마, 부주의가 뭐예요?"

따지고 보면 그녀의 할아버지는 그렇게 단명한 편도 아니었다. 1918년에 태어났고 1972년에 죽었으니까. 할아버지가 대체 몇 년을 더 살았어야 할머니를 만족시킬 수 있었을까?

이 도시를 절대로 시골이라고 부를 수 없는 다른 이유도 있었다. 이 도시에는 전국에서 세 손가락 안에 꼽을 만큼 큰 대규모 방직공장 단지가 있었다. 그녀가 어릴 적에, 어머니와 함께 방직공장 근처를 지나가게 될 때가 있었다. 가끔 공장 문으로 하얀색 두건을 쓴 여자들이(그녀는 궁금했다. 저 일은 여자만 할 수 있는 걸까?) 우루루 밖으로 쏟아져 나오는 것을 볼 때도 있었다.

"아니야, 얘, 그 여자들은 절대 하얀색 두건을 쓰고 밖으로 나오지 않아."

그녀가 방직공장에 대한 기억을 말하자 아주머니는 그녀의 말을 정정해주었다. 그녀는 자신의 기억이 틀렸다고 생각하진 않지만(하지만 그녀의 테라피스트라면 이렇게 말했을 것이다. "당신이 기억하는 그 모든 게 진실은 아니니까요. 억압된 기억이 있다면, 과잉된 기억도 분명히 있는 겁니다.") 아주머니와 그런 일로 논쟁을 벌이고 싶은 기분은 들지 않았다. 아주머니가 바로 그 방직공장에서 근무하던 여공들 중 한 명이었기 때문이다.

"하얀색 두건은 일할 때만 하고 있는 거야. 그 정도의 품위는 우리도 지킬 줄 알았단다. 하긴 도시 처녀가 뭘 알겠니?"

열일곱 살부터 스물다섯 살까지 아주머니는 방직공장에서 일을 했다. 그리고 출산 후, 방직공장으로 돌아가는 대신 그녀의 할머니네 집에서 가정부로 일하기 시작했다. 순전히 단 한 가지 이유 때문에, 아들을 데리고 출근을 할 수 있어서. 하지만 그녀가 그 집에서 살기 시작한 이후로 정작 아주머니가 아들을 데리고 온 걸 본 경우는 손에 꼽을 정도였다. 당시 아주머니의 아들은 일곱 살 정도였을 텐데, 아주머니가 할머니네 집에 와 있는 동안 아이를 누가 돌보는지 아무도 묻지를 않았다. 어쨌든 28년 동안, 아주머니는 할머니네 집에서 일을 했다. 거동하기 어려운데도 불구하고 입원하지 않고 집에 머물겠다며 할머니가 고집을 부린 1년 동안에도 아주머니는 매일 출근을 했다. 당시 그녀는 서울에서 대학을 다니고 있었다. 입주 간호사가 있긴 했지만, 그래도 매일 아침 할머니를 씻기고 한복을 입히는 건 아주머니의 몫이었다. 입주 간호사는 그녀에게 말했었다. "마치 피를 나눈 사이 같다니까요."

아주머니는 키가 작고 약간 통통한 체형이었으며, 머리를 등까지 길러서 언제나 한 갈래로 땋고 다녔다. 눈이 큰 편이었고, 콧대가 높지는 않았지만 코끝이 아주 멋들어졌다. 머리에는 하얀색 두건을 쓰고 있었다(그러니까, 방직공장에서 일을 하던 시절처럼). 처음에 그녀가 어머니에게 "저 아주머니, 이뻐요."라고 말했을 때 어머니는 이렇게 대답했다. "좀 맹해 보이지 않니? 착하긴 하겠더라." 하지만 아주머니는 맹하지 않았다. 적어도 그 집에서 할머니의 표정만으로 기분을 알아차리는 데 아주머니를 따라갈 사람은 없었다. 그 분야에서 가장 맹한 사람은 누가 뭐래도 어머니였다.

한번은 이런 일이 있었다. 그때 그들―그녀와 그녀의 어머니, 그리고 할머니―은 거실 소파에 앉아 있었다. 거실에는 전면창이 있었는데, 그 전면창 때문에 겨울에는 난방비가 많이 나왔다(할머니는 이렇게 말했다. "그럴 만한 가치가 있지 않니?" 물론, 그럴 만한 가치가 있었다. 전면창 밖으로 펼쳐지는 사계절의 아름다운 풍경들!). 그날, 거실로 다과를 내오던 아주머니가 갑자기 그 단어를 사용했다. 그러니까, 그 단어―과부. 그녀는 어머니의 얼굴이 서서히 하얗게 질려가는 걸 지켜보고 있었다. 그녀가 초등학교에 들어간 직후였을 것이다. 그녀는 할머니의 얼굴을 먼저 살폈는데, 놀랍게도 할머니는 별로 타격을 받은 것 같지 않았다. 오히려 할머니의 얼굴에는 야릇한 즐거움이 잠시 동안이지만 명백하게 머물다가 사라졌다.

그날 밤에 어머니는 그녀의 방으로 와서 분통을 터트렸다. 어머니와 그녀의 방은 건물의 이층에 나란히 있었고, 그녀는 잘 준비를 다 끝마치고 침대에 누워 있었다. 형광등은 끄고 협탁 위의 조그만 독서등만 켜두어서 방 안에는 전체적으로 연한 노란빛이 감돌았다. 왜 하필이면 나였을까? 그녀는 종종 생각했다. 왜 어머니는 내게 분통을 터트려야만 했을까? 하지만 그런 질문이 무색할 정도로 답은 뻔했다. 그곳, 그러니까 그 도시 전체에 그녀의 어머니와 대화를 할(혹은 어머니가 대화를 하고 싶은) 상대는 없었다. 어머니는 자신의 어머니나 아버지에게 전화를 걸어 이런 이야기를 털어놓아야 할 만큼 자신이 절박한 상황에 처해 있다고는 믿지 않았다. "아, 이건 별일도 아니야." 그해에 그녀의 어머니가 가장 많이 중얼거렸던 말이다. 그래서 불평을 털어놓을 상대로 그녀—뭣도 모르는 아이—가 선택된 것이었다. "따지고 보면 저 여자는 과부도 아니야, 저 여자는 미혼모야, 미혼모." 그녀는 미혼모가 뭐냐고 묻고 싶은 마음이 굴뚝같았지만 차마 그러지 못했다. 다만 그 단어가 과부라는 단어와는 차원이 다르다는 것은 알 수 있을 것 같았다. 이를테면 아주머니가 발음하는 '과부'라는 단어에는 어딘가 모르게 애달픈 분위기, 처연하면서도 우스꽝스러운 분위기가 있었지만 어머니가 발음하는 '미혼모'라는 단어에서는 그런 느낌이라고는 찾아볼 수가 없었다. 거기에는 비난의 기미와 (그리고 나중에서야 이 단어를 떠올리게 되었지만) 타락의 기운이 포함되어 있었다. 그때, 그 말을 할 때 어머니는 그녀의 어린이용 침대에 엉덩이를 걸치고 앉아서 양팔을 쭉 펴고 매트리스의 끄트머리를 잡고 있었다. 그녀에게는, 어머니의 모습이 반밖에 보이지 않았다. 상체 절반쯤은 독서등의 동그랗고 옅은 빛 속에, 나머지 절반쯤은 강렬한 어둠 속에 머물렀다.

그 밤으로부터 불과 2년 후에 그녀의 어머니는 그 도시를 떠났다. 추문이 있었다. 할머니는 그녀의 어머니가 '갔다'라고 표현했다. "너네 엄마는 갔다." 그 말을 할 때 할머니는 그녀를 바라보지도 않았다. 그녀는 마치 자신이 잘못을 저지른 것처럼 주눅이 들었다. 따지고 보면 그때에는 그녀의 존재 자체가 잘못이었다. 당시 그녀의 할머니는 자신의 며느리와 관련된 추문을 공공연하게 드러내 난도질하고 싶은 마음과 자신의 며느리와 관계된 모든 시공간을 오려내서 관 속에 처넣고 입구를 납땜하고 싶은 마음 사이에서 갈등하고 있었다. 난도질과 납땜, 물론 둘 다 할머니의 방식이었다. 그녀는 할머니가 결국엔 후자를 선택하리라는 걸 알고 있었다. 왜냐하면 그 선택이야말로 어머니의 추문이 자신에게 아무런 타격도 주지 않았다는 것을 드러내줄 수 있는 단 하나의 방법이라고, 할머니는 철석같이 믿고 있었을 테니까.

그녀의 할머니가 사망한 건, 요양원에 들어가고 나서 두 달 후의 일이었다. 그렇게나 빨리 돌아가시리라고는 아무도 예상하지 못했다. "집을 떠나서 기력을 잃어버리신 거야. 집에 계속 계셨어야 했어." 장례식 때 눈물을 찍으며 아주머니가 말했다. 그녀는 기가 막혔다. 아주머니가 뭘 알겠는가? 의사도 아닌데? 그녀는 장례식이 끝난 후, 할머니네 집 현관문을 열쇠로 걸어 잠그고는 곧바로 서울로 돌아갔다. 그 후에 여러 가지 문제가 있었다. 이를테면 재산분할 같은 것. 사람들은 그녀가 할머니로부터 어마어마한 재산을 물려받았을 거라고 생각했지만 실제로 그렇지는 않았다. 그렇다고 그녀가 물려받은 재산이 보잘것 없다고는 절대 말할 수 없었다. 장례식을 치르고 몇 달 후에 그녀의 큰아버지라는 사람이 나타났다. 변호사 접견, 법적 분쟁, 온갖 법률용어들과 치졸하고 타격을 주는 시도들. 이런저런 수소문 끝에 그녀는 어머니에게 연락을 했다. "아버지에게 형이 있었어요?" 그렇다는 대답. 형식적인 안부를 주고받다가 갑자기 그녀의 어머니가 말했다. "그래도 증오하며 사는 것보다는 사랑하면서 사는 게 낫지 않니?"

그녀는 그 후로 다시는 어머니와 연락을 하지 않았다.

법적 분쟁이 오고 가는 몇 년 동안 할머니네 집은 골칫거리가 되었다. 사실은 처음부터 골칫거리였다. 그 집과 관련된―감당할 수는 있지만 감당하지 않았다면 더 좋았을 만한 액수의―

세금들이 있었다. 할머니가 돌아가신 직후에, 세무사는 그녀에게 그 집을 파는 게 좋을 거라고 이미 충고했었다. "당장은 손해를 좀 보더라도요, 하루라도 빨리 팔아치우는 게 좋을 겁니다." 시간이 좀 흘렀을 때에는 이런 말도 했다. "나중에 후회하게 될 겁니다." 과연 똑똑한 사람이었다. 세무사의 말은 세무사가 의도한 것 이상으로 맞아떨어졌다. 지난 10년 동안 그 도시는 이루 말할 수 없을 만큼 급속도로 무너져 내려갔다. 방직공장은 문을 닫았고, 백화점은 철수를 했다. 수완이 좋은 사람들은 그 근처에 들어선 신도시로 이사를 했다. 그렇다면 수완이 좋지 않은 사람들은 어떻게 되었을까? 그녀는 알지 못했다.

그날 오후, 그녀가 10년 만에 이 도시에 도착했을 즈음에는, 하늘이 탁한 회색빛으로 변해 있었다. 아침에 일기예보에서 전국적으로 눈이 내릴 거라고 했던 말이 그제야 떠올랐다. 출발할 때만 해도 하늘이 너무 맑아서, 온 세상이 비록 차가울지언정 강렬한 햇살 아래에 머물고 있어서, 그런 사실은 아예 잊어버리고 있었다. 어릴 적 살던 동네에 도착했을 때, 그녀는 충격을 받았다. 가슴이 저릿할 지경이었다. 마치 절대로 보고 싶지 않은 타인의 허점이 온 사방에 까발려진 듯한 느낌—언제나 그녀는 자신의 허점이 만천하에 드러날 때보다 다른 사람의 허점이 그런 식으로 전시될 때 훨씬 더 마음이 무너질 것 같은 기분을 느끼곤 했다—이었다. 그녀가 살던 동네의 집들은 이미 반쯤 비어 있었다. 가로수들은 말라 비틀어져서 겨우 명맥만 유지할 뿐이었다. 바람이 너무 많이 불어서, 그녀는 하다못해 목도리나 장갑이라도 챙겨 왔어야 했다는 후회가 들었다. 몸이 으스스 떨렸다. 부수다 만 집이 있었는데 그녀는 아무리 궁리해봐도 이 사태를 이해할 수 없어서 어리둥절해졌고, 코트 깃을 세운 후 그 앞에 잠시 동안 서 있었다. 전봇대들, 그리고 엉킨 전선들 너머로 저 멀리, 마치 책을 엎어서 얹어놓은 것 같은 세모꼴 모양의 지붕이 눈에 들어왔다. 웅장하고 위압감을 주는 청록색의 지붕. 그녀가 머물던, 발코니와 연결되어 있는 이층 방의 창문들. 붉은색의 벽면. 다듬지 않아서 잎이 무성해진 나무들이 그녀의 시야를 막고 있었다. 그래도 대책 없이 나쁘게 보이지만은 않았다. 그녀 말고는 이곳을 지나가는 사람들 그 누구도 저 건물이 이미 오래전에 죽어버린 것이라고는 추호도 알아차리지 못하리라. 손톱만큼도. 그녀는 그런 사람들은 축복을 받은 거나 마찬가지라고 생각했다.

할머니네 집의 커다란 철제 대문은 칠이 벗겨져 있고 하단 부분은 찌그러져 있었다. 누군가 일부러 부숴놓은 것처럼. 그녀는 조심스럽게 철제문을 밀었다. 손에 닿는 느낌이 너무 차가워서, 철제문에서 너무 큰 소리가 나서, 그녀는 깜짝 놀랐다. 가까이 가니까, 건물의 외벽과 지붕이 칙칙하고 낡아 보였다. 정원의 잔디는 노랗게 말라 죽어 있었다. 어디선가 썩은 냄새가 났는데, 그건 정원에 있던 연못에서 나는 거였다. 이상했다. 이건 그녀의 집이었다. 그런데도 그녀는 아무 소리도 내지 않으려고 애쓰면서 걷고 있었다. 누군가 자신을 발견할까 봐 겁을 내면서, 마치 자신이 침입자라도 된 것 같은 얼토당토않은 기분을 느끼면서. 건물로 들어가는 현관문 앞에 이르러, 가지고 온 열쇠로 문을 열려고 했을 때, 그녀는 또다시 깜짝 놀랐다(아, 나는 언제쯤 이 모든 일에 깜짝 놀라지 않을 수 있게 될까, 라고 그녀는 생각했다). 거기에는 커다란 자물쇠가 채워져 있었다. 도대체 누가 여기에 이런 걸 채워놓았을까? 그녀는 서늘하고 단단한 감촉을 느끼며 두 손으로 자물쇠를 잡고 힘껏 흔들었다. 그런다고 자물쇠가 열릴 리가 없는데도 한동안 그렇게 했다. 이내 자신의 손에서 나는 금속 냄새를 맡을 수 있었다. 그녀는 거실 전면창이 있는 쪽으로 가보기로 했다. 커다란 창을 열어보려고 했지만 잠겨 있는 모양이었다. 전면창의 안쪽이 커튼으로 가려져 있어서 거실 안을 볼 수도 없었다. 허리를 숙이고 이리저리 살펴보던 그녀는 용케 커튼과 커튼 사이의 조그만 틈을 발견할 수 있었다. 몸을 한껏 움츠리고 창에 얼굴을 최대한 가까이 들이댄 채 손을 동그랗게 말아 안을 들여다보았다. 입김 때문에 시야가 자꾸 흐릿해졌다. 그녀는 손이 얼어붙을 것 같다고 생각하면서도 맨손으로 입김을 닦아냈다. 그래야만 했다. 갈색 나무의 매끈한 재질이 눈에 들어왔다.

피아노, 아, 그래, 피아노.

어머니가 그녀를 떠났던 그해에 할머니는 그녀에게 피아노를 사줬다. 한두 달 후에는 바이올린을, 그리고 또 한두 달 후에는 플루트를. 뜬금없게도, 그랬다. 아, 그랬지, 그랬었다. 할머니는 바이올린과 플루트에 음각으로 그녀의 이름을 새겨주었고, 연습이 끝나면 케이스에 넣어서 피아노 옆 진열대 안에 넣어놓게 했다. 집에는 음악 선생을 불렀다. 음악 선생은 단발머리를 한 젊은 여자였는데, 짧고 가느다란 회초리로 그녀의 손등을 때렸다. "이게 다 너네 할머니가 부탁한 일이란다." 그다지 아프지는 않았지만 굴욕적이긴 했다.

그녀가 거실의 다른 쪽을 더 보고 싶어서, 시야를 확보하려고 이리저리 눈알을 굴리며 애를 쓰고 있을 때, 누군가 갑자기 그녀의 어깨를 잡았다. 깜짝 놀라서(아, 그녀는 이번에도 깜짝 놀라고 만 것이다) 그녀는 자리에 주저앉아 버렸다. 고개를 드니까 바로 거기에 웬 늙은 여자가 서 있었다. 주름진 이마와 기미가 올라온 피부, 염색을 따로 하지 않았는지 군데군데 새치가 뭉텅이로 올라와 있는 짧은 머리카락, 그리고 추위 때문인지 발갛게 상기되어 있는 두 볼. 그녀는 그 노파가 자신을 때릴까 봐 순간적으로 두려움을 느꼈고 두 손으로 얼굴을 가렸지만(하지만 그녀가 왜 두려움을 느껴야 한단 말인가? 거긴 그녀의 집이었는데, 그녀가 매년 지불하는 그 돈들!) 그런 감정은 금방 사라졌다. 아주머니였다. 예전보다 몸에 살이 훨씬 더 많이 붙었지만 그녀는 알아볼 수 있었다. 순간적으로 그녀의 귓가로 할머니가 아주머니를 부르던 억양이 재생되었다. 아주, 머니! 사실 그 집에 사는 사람들은 모두 그런 식으로 불렀다. 아주, 머니!

식사가 다 끝난 후 식탁을 치우며, 아주머니는 도시 처녀들은 커피를 좋아하지 않느냐고 말하고는 웃었다.

"디저트는 없지만 커피는 줄 수 있어, 얘."

주전자에 물을 담은 후 가스레인지의 스위치를 켜던 아주머니가 그녀에게 등을 보인 채로 부드러운 목소리로 물었다.

"그런데, 아까 거기에서 뭘 하고 있었던 거야?"

그녀는 싱크대 위 찬장에서 종이컵을 꺼내는 아주머니의 뒷모습을 보면서, 아무것도 하고 있지 않았다고 대답했다.

"음, 뭘 가지러 온 거니?"

그녀는 고개를 저었다. 가지고 갈 건 없었다. 귀금속을 제외한 할머니의 소지품들이 그 집에 그대로 남아 있긴 했지만 일부러 가져갈 건 없었다. 그녀는 아주머니에게 물었다.

"현관문에 자물쇠가 채워져 있더라고요. 누가 그렇게 한 줄 아세요?"

아주머니는 종이컵에 인스턴트커피를 담아 하나는 자신의 자리 쪽에 두고, 다른 하나는 그녀 쪽으로 놓아주며, 그런 이야기는 처음 들어본다는 듯이 미간을 찌푸렸다. 하지만 아주머니는 곧 미소를 되찾았다.

"자물쇠라고?"

"네."

"그런 걸 누가 왜 채워놓겠니? 잘못 본 것 아니야?"

그녀는 고개를 저었다.

"그런데, 그 안에는 왜 들어가려고 해?"

그 안에는 왜 들어가려고 하느냐고? 그녀는 아주머니의 질문이 무언가 핵심을 찔렀다는 걸 알 수 있었다.

"집을 내놓으려고 해요."

"아…… 그렇구나…… 하긴 너무 오랫동안 방치되어 있긴 했어."

아주머니는 커피를 한 모금 마시고 그녀에게 물었다.

"얘, 이거 너무 맛있지 않니? 나는 하루에 다섯 잔은 마시는 것 같아."

밥은 깨작깨작 먹던 아주머니가 왜 그렇게 살이 붙었는지 알 것 같다고, 그녀는 생각했다. 그녀는 인스턴트커피는 한 잔도 마시는 법이 없었다. 그녀가 남긴 커피까지도 다 마신 아주머니가 문득 입을 열었다.

"어머나, 눈이 오네."

말투 때문에, 그녀는 어쩐지 아주머니가 거짓말을 하고 있는 거라고 생각했는데, 아니었다(하지만 세상에 어떤 사람이 그렇게 눈에 뻔히 보이는 거짓말을 하겠는가? 대체 뭣 때문에?). 거짓말이 아니었다. 창밖을 보니까 눈이, 커다란 눈송이가 내려오고 있었다.

그날 밤, 기차역까지 간 그녀는 허탕을 쳤다. 눈 때문에 그 지역을 지나가는 기차가 운행을 멈췄다고 했다. 역까지 동행해준 아주머니가 말했다. 무언가 굉장히 속상하다는 듯이, 잔뜩 울상이 되어서. 무엇이 속상하단 말인가? 그녀가 허탕을 친 것? 그날 밤 그녀가 자신의 집으로 돌아갈 수 없게 된 것?

"우리 집에서 하룻밤 자는 수밖에 없겠다."

그녀는 아주머니가 난감해하고 있다는 걸 알았다. 그럴 수밖에 없을 거라고 생각했다. 아주머니의 집에는 방이 두 개였는데 하나는 아주머니가 사용하고, 다른 하나는 창고로 사용한다고 했다. 다시 돌아온 집에서, 아주머니는 부엌과 거실 사이의 폭이 약간 좁아지는 통로에 섰다. 그러고는 양팔을 벌려서 벽을 잡아당겼다. 알고 보니 그건 벽이 아니라, 미닫이문의 양쪽 손잡이였다. 불투명 창으로 만들어진 문이 닫혔다가 열렸다.

그녀는 거실 바닥에 앉아 있었고 아주머니는 부엌 쪽에 있었기 때문에 잠시 동안 아주머니는 그녀의 시야에서 사라졌다가 다시 나타났다.

방으로 변신한 거실(아닌가, 방이 거실로 변신한 것이라고 말해야 옳은가?)이 바로 그날 밤 그녀가 머물 곳이었다. 난방이 잘 되지 않아서, 그녀는 아주머니가 건네준 티셔츠와 고무줄 허리 밴드가 있는 바지를 입은 후 그 위에 가지고 온 코트를 걸쳤다. 아주머니가 건네준 옷에서는 오래된 견과류 냄새가 났다. 그녀는 (역시 아주머니가 깔아준) 이불 속으로 들어갔다. 아주머니는 벌써 잠이 든 모양이었다. 외풍 때문에 창이 덜컹거렸다. 자리에서 일어난 그녀는 조심스럽게 창문을 열었다. 차가운 바람이 새어 들어와 볼이 얼얼해졌다. 커다랗고 둔해 보이는 눈송이는 바람의 흐름에도 전혀 방해받지 않고 곧장 쌓인 눈 위로 섞여 들어갔다. 차갑고 단단한 눈덩이의 일부가 되려고. 그렇게라도 이 땅에 흔적을 남기려고. 사라지지 않고 이 지상에 붙어 있으려고. 그리 멀지 않은 곳에 가로등이 있었다. 그리고 그 근처로, 지붕이 낮은 집들. 성의 없이 발라놓은 콘크리트에 창문 하나가 있는 그런 집들. 그녀는 그게 빈집이라고 생각했었는데, 아니었다. "아니야, 얘 거기엔 사람들이 살아, 뜨내기들. 이제 이 동네엔 뜨내기들밖에 안 산단다." 저녁 식사 때 아주머니는 말했었다. 어떤 사람들이 떠나간 곳에 다른 어떤 사람들이 찾아 들어온다……. 그녀는 창문을 닫고 이불 속으로 기어들어 갔다. 한기 때문에 팔짱을 끼고 몸을 한껏 움츠렸다.

아들과 같이 사는 것 같진 않네. 눈을 감은 채 그녀는 생각했다. 초등학교에 입학했을 때, 그녀는 처음으로 아주머니 아들의 얼굴을 봤다. 그 애는 2학년이었는데 굳이 그녀를 찾아와 말을 걸었었다. "안녕, 네가 부자 할머니네 손녀구나. 우리 엄마가 너네 집에서 일을 해." 심한 곱슬기가 감당이 안 되는지 짧게 자른 머리카락이 위로 삐쭉삐쭉 솟아 있었고, 키는 그녀만 했다. 입고 있는 옷의 소매는 닳아 있었다. 어머니는 그 애가 아주머니 —그러니까 그 애의 어머니—로부터 제대로 된 보살핌을 받지 못할 거라고 말했었다. "할머니 때문에요?" 그녀가 이렇게 묻자 어머니가 그녀의 볼을 꼬집으며 말했었다. "와, 너 왜 그렇게 생각한 거야? 나 지금 좀 놀랐어." 아주머니의 아들은 이목구비가 잘생긴 축이었다. 물론 그녀는 어머니에게 그런 이야기를 하지는 않았다. 그냥 이렇게 말했다. "고슴도치 같아요. 머리모양이. 키도 작고요. 구멍 난 양말을 신고 다녀요." 그녀의 어머니는 그녀에게 그 애한테 친절하게 대해줘야 한다고 신신당부를 했다. "엄마는 아주머니랑 친하게 안 지내잖아요." 그녀의 목구멍으로 이 말이 올라왔다가 내려갔다. 얼마 안 있어 어머니가 사라졌을 때, 그녀는 저 말을 하지 않은 걸 후회했다.

그녀의 어머니는 그녀에게 한마디 말도 없이 '갔지만' 그녀는 어머니의 말을 따랐다. 그러니까, 아주머니의 아들에게 친절하게 대해주라던 그 말을. 그녀는 자신이 가지고 있던 좋은 필기구나 공책 같은 걸 그에게 가져다줬다. 그리고 빗을 선물했다.

고슴도치 같은 머리가 잘 정리되기를 바라면서. 잘생긴 얼굴이 표시 나기를 바라면서. 방과 후에 같이 걸어올 때도 자주 있었다. 둘 다 친구들을 잘 사귀지 못했다. 전혀 다른 이유라고 생각했지만, 사실 따지고 보면 결국은 비슷한 이유에서였을 것이다. 한 명은 미혼모의 아들이라서, 다른 한 명은 그 마을에서 가장 부자 할머니의 손녀인 동시에 어머니에게 버림받은 딸이라서. 묘한 연대감과 동질감이 분명히 그들 사이에 있었다.

그는 가끔 아주머니에 대한 이야기를 했는데 그럴 때마다 그녀는 혼란스러움을 느꼈다. 자신이 알고 있는 아주머니의 모습과는 너무 달라서. "엄마는 맨날 피곤해해. 잠만 자." 그는 (그녀와 달리) TV를 많이 봤고, 때때로는 어린이가 봐서는 안 되는 프로그램도 봤다. 이를테면, 시체에 관한 다큐멘터리 같은 것. 그는 사람이 죽고 나면 땅 아래에 묻혀서 썩어간다는 사실을 알게 되었고 한동안은 그것 때문에 고민에 빠져 있었다. "몸이 썩는 게 싫어. 그건 너무 무서워." 당시 그녀는 그런 것—죽음이라든지 시체라든지 그런 것들—에는 관심이 없었다. 어느 날 그가 그녀에게 말했다. "화장을 하면 된대." 그녀가 그를 바라보자 그가 말했다. "죽은 후에 불에 태우는 거래. 그러면 썩지 않을 수 있대. 엄마가 그랬어." 그녀는 불에 태우는 게 더 무서운 것 아닌가 하고 생각했지만, 그냥 고개를 끄덕였다. 그가 그녀의 생각을 눈치챘는지 이렇게 덧붙였다. "우리 엄마는 나를 사랑하셔. 어쨌든 나와 함께 있잖아." 그런 말을 들으면 그녀는 할 말이 없어졌다.

둘이 그런 식으로 같이 다닌 시기는 그렇게 길지 않았다. 결국 그녀는 아이들에게로 섞여 들어갔고 그는 진짜 외톨이가 되었다.

그녀가 중학생이었을 때, 어느 날 저녁을 먹다가 할머니가 아주머니의 아들이 중학교를 자퇴했다는 소식을 전해주었다. "피는 못 속인다." 그렇게 말한 후 할머니는 그녀를 흘긋 바라보았다. 아주머니는 아마도 부엌에서 그 말을 듣고 있었을 것이다. 그녀는 그때 무슨 생각을 했었나? 어머니가 떠난 이후, 한동안 그녀는 할머니의 사랑을 받으려고 안간힘을 썼었다. 하지만 그때쯤에는 이미 그런 노력을 기울이는 것조차 그만둔 상태였다. 그래도 할머니가 조금이라도 마뜩잖은 표정을 지으면 그녀는 심장이 쪼그라드는 것 같았다.

아, 그래. 그녀의 머릿속으로 한 가지 기억이 더 떠올랐다.

아주머니의 아들이 거실에 있는 피아노를 친 적이 있었다. 그때가 언제였더라? 아마도 내가 아직 초등학교에 다니던 시절이었을 텐데…… 아, 그래, 기억이 났다. 그날, 할머니는 아침부터 외출을 했고(그녀는 할머니가 어디에 간 건지 몰랐다. 아마 아주머니는 알고 있었을 것이다), 아주머니가 방과 후에 아들을 할머니네 집으로 데리고 왔다. 그 애가 그 집에 온 게 처음은 아니었을 것이다. 그녀가 그 집에 오기 전까지는 일상적인 일이었으니까. 그날 그녀는 그 애와 함께 식탁에 앉아 아주머니가 차려주는 밥을 먹었고, 같이 거실에 앉아서 TV를 보았다. 그러다가 그 애가 피아노를 보더니 자기도 피아노를 칠 줄 안다고 말했다. 그녀는 피아노 뚜껑을 열어주었고, 그 애는 건반을 두드리기 시작했다. 대단한 곡은 아니었다. 하지만, 잘했다. 충분히 잘했다. 한 음도 틀리지 않았다. 아마도 그녀의 단발머리 음악 선생은 그 애의 손등을 때리지는 않을 것이었다. 그러므로 그 애에게는 굴욕적인 일도 생기지 않을 것이라고, 그녀는 생각했었다. 아주머니가 식당 문 옆에 붙어 서서 그 모습을 지켜보다가 박수를 쳤다. 그게 전부였다……. 그런데, 그날 밤에 그 사실을 할머니가 알게 되었다. 그래서 어떤 일이 있었나? 어떤 조치가 있었나? 그런 건 없었다. 왜 조치가 있어야 한단 말인가? 그것에 대해 할머니는 일언반구도 하지 않았다. 피는 못 속인다, 할머니의 목소리가 그녀의 귓가를 파고들었다. 그녀의 감은 눈 앞에 광선들이 떠올랐고 그 빛의 무리는 휘어지다가 흘러내리다가 점점이 흩어져갔다. 뼛속으로 차가운 공기가 들이치는 것 같았고, 온몸이 으슬으슬 떨렸다.

"아이고, 감기에 걸렸나 보다. 온몸이 불덩이야."

그녀가 정신을 차렸을 때는 이미 해가 떴고, 눈은 그쳐 있었다. 기온은 더 내려가서 길이 꽝꽝 얼었다고 했다. 출근 준비를 끝낸(아주머니는 시내에 있는 마트로 출근을 한다고 했다) 아주머니가 그녀의 얼굴을 들여다보며 고개를 절레절레 흔들었다.

"도시 처녀라서 면역력이 약한가 보다. 여기 사는 사람들은 이 정도 추위로는 아프지도 않거든."

그렇게 말하며 아주머니는 그녀를 위해 거실에 전기장판을 틀어주고 이불을 좀 더 가져다주었다. 한동안 부엌에서 분주하게 움직이던 아주머니가 거실로 돌아와서 그녀의 이마에 물수건을 얹어주었다.

"여기에 약을 놔둘게. 죽 끓여놨으니까 억지로라도 좀 먹어. 빈속에 약을 먹으면 안 되니까."

신체의 구석구석을 파고드는 통증과 피로감 사이에서 그녀는 정신을 차릴 수가 없었다. 그녀는 눈을 감은 채, 아주머니가 바깥으로 나가는 소리를 들었다. 그녀가 반쯤 잠이 들었을 때, 다시 현관문이 열리고 아주머니가 집 안으로 들어오는 기척이 느껴졌다. 그녀는 아주머니가 자신을 내려다보고 있다는 것을 알아차렸고, 아주머니에게 뭔가 말하고 싶었지만 결국은 잠에 굴복하고 말았다.

그녀가 다시 눈을 뜬 건 정오가 조금 지난 때였다. 집 안을 감도는 공기는 여전히 차가웠지만, 전기장판에 닿는 부분은 후끈후끈했고 그 덕분에 온몸은 땀으로 젖어 있었다. 아주머니가 이

마에 올려준 수건은 머리 옆으로 떨어져 있었다. 그녀는 상체를 일으켜 벽에 기대어 앉았다. 아침에 아주머니가 두고 간 약병과 물컵이 보였다. 낮의 햇살 속에 드러난 거실(혹은 방이라고 해야 하나? 그녀는 여전히 헷갈렸다)은 휑뎅그렁하고 메마른 느낌을 주었다. 온몸이 욱신거리는 통증은 남아 있었지만, 열은 내린 상태였다. 그녀는 땀을 닦고 싶었지만 그냥 두기로 했다. 기화, 땀은 언제나 증발해버리니까, 그게 자연의 이치니까 그냥 놔둬도 괜찮을 것 같았다. 그녀는 자신의 가방에서 휴대전화를 꺼냈다. 배터리가 별로 남지 않았는데, 충전기를 가지고 오지 않았다는 걸 그제야 알아차렸다. 그녀는 거실에 있는 서랍장을 뒤지기 시작했다. 남아도는 충전기 하나 정도는 있기를 바라면서. 아주머니의 서랍에는 온갖 잡동사니들이 다 있었다. 휴대용 랜턴, 각종 플라이어 같은 공구들…… 그 사이에서 그녀가 발견한 건 충전기가 아니라, 사진 액자들이었다. 맨 위 서랍에 조그마한 액자 여섯 개가 엎어진 채로 차곡차곡 쌓여 있었다. 그녀는 그걸 꺼내서 거실 바닥에 늘어놓고 하나씩 뒤집어보았다. 전부 다 아주머니와 아들이 함께 찍은 사진이었다. 유년기부터 청년기까지, 마치 그들 모자가 보낸 한 시절의 정수가 담겨 있는 사진 한 장씩만을 선별해놓은 것 같았다. 그녀는 문득 궁금해졌다. 내 어머니의 서랍에도 이런 사진들이 있을까? 하, 그녀는 웃음이 났다. 없을 것이다, 당연히 없을 것이다. 가장 밑에 깔려 있던 액자는 아주머니의 아들 혼자 찍은 사진이었다. 20대 중반쯤. 그녀는 그 사진을 뚫어지게 바라보다가 자리에서 일어났다. 어지러워서 하마터면 균형을 잃을 뻔했다. 부엌으로 통하는 미닫이문을 연 그녀는 나무로 만든 낡은 싱크대와 식탁을 지나서, 아주머니 방의 문 앞에 섰다. 그러고는 스스럼없이 손잡이를 잡고 옆으로 돌렸다.

아주머니의 방에는 장롱과 침대, 그리고 층층마다 유리문이 달려 있는 5단짜리 장식장이 하나 있었다. 방 안은 조금 정신이 없어 보였는데, 그녀는 거기에 있는 가구들이 전혀 조화롭지 않기 때문이라는 걸 알았다. 장롱은 너무 컸다. 문이 다섯 개나 되고, 침대 맞은편 벽을 다 차지하고 있었다. 다른 쪽 벽의 창문을 가리고 서 있는 장식장은 폭이 너무 넓어서 앞으로 툭 튀어나와 있었다. 방은 가구들이 점령한 탓에 사람이 발 딛고 있을 만한 공간이 그리 넓지 않았다. 장식장 안에는 오래된 서적과 CD 케이스, 쓰지 않는 그릇과 수저들, 뜨개질을 하다 만 털실 뭉치 같은 것들이 빽빽하게 들어차 있었다. 침대는 말끔하게 정리되어 있었고, 창문에는 약간 조잡한 무늬의 싸구려 커튼이 드리워져 있었다. 문 바로 뒤에는 그녀의 키만 한 병풍이 접혀서 세워져 있었다.

이리저리 뒤져도 충전기는 보이지 않았다. 결국 충전기를 포기하고 별 뜻 없이 안방을 한번 휘 둘러보던 그녀의 시선이 문득 장식장 맨 밑으로 갔다. 아래 칸은 다른 칸보다 높이가 낮아서 그 안을 들여다보려면 상체를 숙여야 했다. 그녀는 무릎을 꿇고 앉아서 아래 칸의 유리문을 열었다. 반쯤 접힌 A4 용지만한, 두꺼운 종이에 인화한 사진이 한 장 들어 있었다. 거실 서랍장에 들어 있던 아주머니 아들의 사진과 같은, 좀 더 큰 버전의 증명사진이었다. 얼마나 꼭꼭 접어놓았는지, 사진 속 그의 얼굴 절반에 접힌 자국이 남았다. 그녀는 사진을 다시 접고 손으로 꾹꾹 누른 후, 장식장 안쪽으로 밀어넣었다. 그런데 무언가 딱딱한 게 손에 잡혔다. 그녀는 좀 더 깊숙이 팔을 집어넣었다. 안이 깊어서 팔꿈치까지 쑥 들어갔다. 마침내 그녀는 손에 잡힌 물건을 끄집어냈다. 바이올린이었다. 바이올린? 그랬다. 그녀의 이름이 새겨져 있는 바이올린. 활이나 케이스는 따로 없이 악기만 덩그러니. 이게 왜 여기에 있는 걸까? 그녀는 다른 칸의 문을 연 후, 역시 손을 뻗어 그 안을 뒤지기 시작했다. 거기에 들어 있던 온갖 잡동사니들을 헤치던 그녀의 손에 플루트가 잡혔다. 역시 케이스는 없고 악기만 덩그러니. 이게 왜 여기에 있는 걸까?

한동안 바이올린과 플루트를 멍하니 바라보던 그녀는 그것들을 원래 있던 곳으로 돌려놓기로 했다. 잡동사니들도 다시 넣어두었다. 그녀가 만지기 전의 그 상태 그대로. 그런 후, 장롱 쪽으로 가서 손잡이를 잡아당겼다. 장롱 문은 잠겨 있었다. 장롱

이 잠겨 있는 게 별일인가? 아니었다.

　그녀는 창고로 사용하고 있다는 방의 손잡이를 돌려보았다. 그 문 역시 잠겨 있었다. 그때부터 이상하게도 그녀의 심장이 쿵쿵거리기 시작했다.

　그녀는 거실과 부엌 사이의 미닫이문을 닫고, 다시 이불 속으로 들어가 누웠다. 할머니가 아주머니에게 악기들을 준 걸까? 하지만 언제? 대체 왜? 할머니네 집에는 아주머니가 만지는 것이 금지된 것들이 있었다. 악기는 그런 목록 중 하나였다. 그런데 그걸 할머니가 아주머니에게 줬다고? 그녀는 가느다란 회초리가 공기를 가르는 소리를 기억했다. 은밀하고 무자비하게 그녀의 손등을 파고드는 가느다란 활의 감촉. 이건 기억의 억압일까? 아니면 기억의 과잉일까? "어릴 적에 학대를 받았다고 믿고 있지만, 사실은 잘못된 기억이라는 게 밝혀진 케이스가 종종 있다는 거 알아요?" 테라피스트는 그렇게 말했었다. 그녀는 고개를 저었다. 아, 그랬지, 그때, 아주머니의 아들이 피아노를 치고 간 날로부터 일주일 후에 할머니는 피아노를 한 대 더 들여왔었다. "이게 이제부터 니 피아노다." 아주머니의 아들이 건드린 피아노는 그때 이후로 한 번도 뚜껑이 열리지 않았다. 아무도 그걸 만질 수 없었다. 그건 그냥 거기에 그대로 방치되었다. 그래, 그래서 그녀가 그 집을 떠날 때까지도 그 집 거실에는 피아노가 두 대 있었다…… 그래, 그랬었다. 어떻게 그걸 잊어버릴 수가 있었을까? 세상에, 어떻게 그걸 잊어버릴 수가 있었을까?

이곳으로 돌아온 건 실수야.

그녀는 자리에서 일어나 가방을 싸기 시작했다. 나중에 중개인을 이곳으로 보내면 될 일이었다. 사람들은 자물쇠를 따고 할머니네 집 안으로 들어갈 수 있으리라. 집을 깨끗하게 정리하고 누군가에게 판매될 만한 물건으로 변화시킬 수 있을지도 몰라. 아니면, 누군가 집이 필요한 사람들에게 그냥 줄 수도 있을 거야. 이를테면 부모가 버린 아이들이라든지, 혹은 부모를 버린 아이들이라든지…….

그때, 문이 열리는 소리가 들렸고 그녀는 왜 그래야 하는지도 모르면서 재빨리 이불 속으로 들어갔다. 문을 등지고 누운 채로 그녀는 눈을 꼭 감았다. 자신의 심장이 너무 빨리, 시끄럽게 뛰는 것 같아서, 아주머니가 들을까 봐 걱정이 되었다. 물론 그녀는 알고 있었다. 그게 얼토당토않은 생각이란 걸. 아주머니가 그녀의 손목을 붙들고 맥박을 재지 않는 한, 그녀의 가슴에 손을 대지 않는 한, 아주머니는 그녀의 심장이 어떻게 뛰고 있는지 절대 알 수 없으리라. 아주머니가 거실과 부엌으로 통하는 문을 열고 그녀에게로 다가왔다. 그러고는 전기장판이 여전히 따뜻한지 확인한 후, 그녀의 이마에 가만히 손을 댔다. 아주머니의 손이 너무 차가워서 그녀는 헉, 소리를 낼 뻔했다.

"하루 종일 잠만 잔 거야? 아무것도 안 먹고?"

그렇게 하고 싶지 않았지만 그녀는 아주머니의 권유로 식탁 앞에 앉을 수밖에 없었다. 아주머니는 죽을 데워서 그녀에게 가져다주었다.

"이제 몸은 괜찮아요. 그런데 뭘 먹고 싶은 기분은 들지 않아요."

"딱 한 입만, 딱 한 입만 먹어보렴. 그러면 계속 먹을 수 있을 거다."

그렇게 말한 후 아주머니는 그녀를 보고 빙그레 웃었다. 좀 맹해 보이지 않니? 착하긴 하겠더라. 그녀는 어머니의 말을 떠올리며 죽을 조금 떠서 입 안으로 가지고 갔다. 과연 아주머니의 말이 옳았다. 배가 전혀 고프지 않다고 생각했는데, 입 안으로 음식물이 한번 들어오자, 마치 하루 종일 허기를 억지로 참아야 했던 것처럼 식탐이 올라왔다. 하지만 아주머니의 말이 맞았다는 걸 들키지 않으려고, 성급하게 입으로 음식을 밀어넣고 싶은 욕구를 애써 누르며, 그녀는 음식을 최대한 천천히 씹었다.

"서울로 돌아가지 않아도 돼? 아니, 난 너가 여기에 있는 게 좋은데, 뭐, 직장이라든지 그런 게 문제되지는 않니?"

"네."

"그렇구나."

아주머니는 조바심을 느끼는 것 같았다. 그렇다면 무엇에 대한 조바심인가? 그녀는 문득 그런 생각이 들었다. 아닌가, 조바심을 느끼는 건 나인가?

"내일 한번 다시 가보려고요."

아주머니는 또 웃었다. 마치 그녀의 말을 잘 못 알아듣겠다는 듯이. 하지만 그 순간 그녀가 뱉은 말 때문에 가장 깜짝 놀란 사람이 있다면 그건 아마도 그녀 자신이었을 것이다.

"어디를?"

"할머니네 집에요. 열쇠공을 불러야겠어요."

그렇게 대답을 하고 나니까, 그녀는 더 이상 자신의 말 때문에 스스로 깜짝 놀랄 필요가 없으리라는 생각이 들었다. 때로는 입 밖으로 나온 한마디 말—당사자를 깜짝 놀라게 하는 그런 말—이 머릿속을 떠도는 그 모든 생각을 압도할 때가 있는 법이다.

"얘, 그럴 필요가 있을까?"

그럴 필요가 있을까? 그녀는 더 이상 할머니네 집에 대한 이야기는 하고 싶지가 않아서 다른 화제를 끌어들이기로 했다.

"아드님—그녀는 '아들'이라는 단어 대신 '아드님'이라는 단어를 선택하기로 했다—은 지금 어디에 살아요?"

"어디에 사느냐고?"

"네."

"아무 데도 안 살아."

그녀는 그게 무슨 말인지 몰라서 아주머니의 얼굴을 바라보았다.

"죽었어."

"아……."

"흠, 나를 위로할 생각일랑 하지 말아라. 너무 오래된 일이기도 하고, 잘 살다가 갔어. 이제 기억도 안 나."

아주머니는 자리에서 일어나서 싱크대로 갔다. 그러고는 그녀에게 등을 돌리고 행주로 주전자를 박박 닦기 시작했다. 그녀는 궁금했다. 아주머니는 왜 여전히 여기에 머물고 있는 걸까? 어떤 조악한 갈망이 그녀로 하여금 뜨내기밖에 남아 있지 않은 이 동네에 계속 머물게 하는 걸까? 아주머니의 아들은 화장을 했을까? 매장을 했을까? 그때 갑자기 아주머니가 그녀에게 물었다. 안 봐도, 그녀는 아주머니가 미소를 짓고 있으리라는 것을 알 수 있었다. 구름 위에서 포닥거리는 것 같은 그런 목소리.

"너네 엄마는 살아 계셔? 만난 적 있어?"

"아니요."

"그럼 죽었어?"

"아, 그러니까 살아 계세요. 만난 적이 없다는 의미였어요. 통화만 한 번 했어요. 꽤 오래전의 일이에요. 아마 돌아가셨다면 제게 연락이 왔을 거예요."

"좋은 분이었어."

잠시 동안 그들은 아무 말도 하지 않고, 각자의 일—주전자를 닦고, 죽을 먹는 일—에 몰두했다. 그러다가, 아주머니가 말했다.

"그런데 그런 여자들이 있어. 과부로는 절대 못 사는, 그런 여자들."

그 말을 듣고 그녀는 자신이 어떤 표정을 짓고 있는지 궁금하다는 생각이 들었다. 그 시절 자신의 어머니처럼 얼굴이 하얗게 질렸을까? 하, 그럴 필요가 무엇이 있단 말인가? 그녀의 어머니는 그 후로 두 번이나 결혼을 더 했다. 할머니가 살아 계실 때 한 번(어머니는 보란 듯이 할머니에게 청첩장을 보냈었다), 할머니가 돌아가시고 나서 한 번 더.

아주머니가 그녀에게 물었다. 어쩐지 아무런 감흥도 느껴지지 않는 목소리로.

"그런데, 애, 할머니네 집에는 뭘 가지러 온 거야?"

그날 밤, 그녀는 소리 때문에 잠에서 깼다. 무언가가 열리고 닫히는 둔탁하고 거친 소리. 빽빽하게 들어찬 어둠 속에서 도대체 아무것도 보이지가 않아서 그녀는 조금 두려운 마음이 들었다. 전날 밤에는 바깥에서 비쳐 들어오는 빛이 있었는데, 가로등이 꺼진 모양이었다. 물론 어둠 속에 잠자코 머물고 있으면 마침내 사물의 윤곽이 드러나리라는 것을, 그녀는 알고 있었다.

암순응, 그게 자연의 이치였다. 그러니까 제대로 작동하는 자연의 이치. 잠시 후 그녀는 조심스러운 태도로, 어기적거리며 자리에서 일어났다. 그러고는 천천히 거실과 부엌으로 통하는 문을 열었다. 부엌의 사물들은 여전히 잠들어 있는 것처럼 보였다. 불길하지만 동시에 여전히 보호받고 있는 듯한 느낌을 주는 정적. 창고로 쓴다는 방의 문은 여전히 잠겨 있었지만, 아주머니 방의 문은 잠겨 있지 않았다.

방 안에는 아무도 없었다. 아주머니는 어디로 간 걸까? 잠시 망설이던 그녀는 결국 어두운 방 안으로 발을 내밀었고 아무런 거리낌도 없이 곧장 장롱으로 다가가서 손잡이를 잡아당겼다.

장롱은 잠겨 있지 않았다.

그녀는 장롱에 달린 다섯 개 문을 차례대로, 천천히 열어젖혔다. 그러고는 그 앞에 서서 눈을 두어 번 깜박거렸다. 그녀는 안방 전등의 스위치를 찾아 올렸다. 밝은 빛 아래에서 온통 문이 활짝 열린 장롱 앞에 서 있으니까 그녀는 왠지 기가 죽는 느낌이 들었다. 거기에는 할머니의 옷들이 걸려 있었다. 빽빽하게 빈틈도 없이. 할머니가 죽기 전에 입었던 한복 수십 벌과 캐시미어 코트들, 그리고 꽃신과 가죽 신발들, 할머니가 들고 다니던 양산과 가방들이 장롱 안에 가지런히 정리되어 있었다. 이 집의 다른 방 안에 무엇이 있을지는 자명한 일이었다. 하, 그녀는 옷과 신발과 가방을 착용하고 서서 자신을 바라보던 할머니의 모습을 또렷하게 떠올릴 수 있었다. 아주머니의 장롱에 걸려 있는 의상들은 특별히 손질되어 있는 것 같지 않았지만, 그렇다고 함부로 사용한 흔적도 없었다. 다섯 번째 장롱의 절반 정도는 비어 있었다. "애, 뭘 가지러 온 거야?" 아주머니는 그렇게 물었었다. 아, 그렇구나. 그녀는 아주머니가 어디에 간 건지 알 것 같았다. 그녀는 견과류 냄새가 나는 잠옷 위에 아무렇게나 코트를 걸쳐 입었다. 왜 그래야 하는지도 모르면서, 그녀는 급박한 상황에 놓인 사람처럼 거실의 서랍장을 뒤져서 찾은 작은 휴대용 랜턴을 주머니에 집어넣고 바깥으로 뛰어나갔다.

차가운 바람이 가혹하게 뺨을 때리는 바람에 그녀의 눈에 눈물이 맺혔다. 귀가 떨어질 것 같았다. 그녀는 바람을 조금이라도 막아보려고 몸을 잔뜩 움츠리고 걸었다. 옷을 제대로 입고 나왔어야 했다는 후회가 들었다. 하지만 돌아가지 않을 것이다. 그녀는 목적지에 도착할 때까지 절대로 걸음을 멈추지도, 절대로 넘어지지도 않으리라고 다짐했다. 하지만 그 다짐은 둘 다 지켜지지 않았다. 얼어붙은 길 때문에 몇 번이나 넘어졌기 때문에. 나중에 확인해보니까 엉덩이와 허벅지에 시퍼렇게 멍이 들 정도였다. 손이 얼어붙을 것 같았지만 그녀는 넘어질까 봐 두려워서 손을 주머니에 넣을 수도 없었다. 드디어 저 멀리, 할머니네 집이 보이기 시작했다. 전날 낮에 거기에 서서 그 집을 바라봤을 때는 그다지 나쁘게 보이지 않는다고 느꼈었는데, 어둠 속에서는 아니었다. 전혀 달라 보였다. 그렇다면 나쁘게 보였다는 의미인가? 아니었다. 건물은 볼품없어 보이지도, 하찮아 보이지도 않았다. 오히려 훨씬 더 선명하고 분명하게 자신의 존재감을 분출하고 있었다. 난 아직 살아 있어, 여기에 이렇게 살아 있어, 라고 말하는 것처럼. 그녀는 집 앞으로 천천히 다가간 후 철제문 사이로 조용히 몸을 밀어넣었다. 어두웠지만 아직까지 휴대용 랜턴을 켜서는 안 된다고 생각했다. 그녀는 넘어지지 않게 조심하면서 썩은 내를 풍기는 정원을 지나 현관으로 갔다. 현관의 자물쇠는 채워지지 않은 채로 한쪽 고리에 달려 있었고 문은 조금, 아주 조금 열려 있었다. 그녀는 그 틈으로 몸을 밀어넣었다.

10년 만에, 10년 만에 그녀가 할머니네 집으로 돌아온 것이다.

바깥만큼은 아니었지만 건물 안도 춥기는 매한가지였다. 여전히 입에서는 입김이 나왔다. 손이 얼어서, 주머니에서 휴대용 랜턴을 꺼내다가 그만 바닥으로 떨어뜨리고 말았다. 커다랗게 뭉친 먼지가 바닥 이곳저곳을 굴러다녔고, 썩은 나무 냄새와 곰팡이 냄새가 흐릿하게 올라왔다. 그녀는 허리를 펴고 랜턴을 켰다. 조그맣고 동그란 노란빛 속으로 할머니네 집의 거실이 구석구석 들어왔다. 10년 전과 바뀐 부분은 거의 없었다. 약간 빛이 바래 보이는, 전면창 방향으로 놓여 있는 가죽 소파와 그 아래로 깔려 있는 양모 러그, 진열대와 나란히 서 있는 피아노 두 대, 피아노는 쌍둥이처럼 똑같은 모델이었기 때문에 할머니는 언제나 그녀에게 말했었다. "오른쪽에 있는 게 너의 피아노다, 왼쪽에 있는 건 건드리지도 마라. 절대로 손끝 하나도 대지 마라." 그녀는 할머니가 집에 있든 없든, 감히 그걸 만질 엄두를 내지 못했다.

휴대용 랜턴으로 거실을 구석구석 비추면서 그녀는 일층에 있던 할머니 방으로 들어가 보았다. 침구는 때가 타고 방은 온통 먼지투성이였지만, 가구 배치는 그대로였다. 장식장에 들어 있던 작은 액자와 장식품들도 그대로 들어 있었다. 그녀는 할머니의 방 안쪽으로 이어지는 또 다른 방으로 들어갔다. 할머니의 옷방. 원래대로라면 옷으로 가득 차 있어야 했지만, 옷은 몇 벌만 드문드문 걸려 있었다. 그럴 수밖에 없었을 것이다. 아주머니가 그걸 자신의 집으로 가져갔기 때문에. 하지만 대체 왜? 아주머니가 대체 왜 그런 짓을 했단 말인가? 입은 것 같지도 않았고, 판매할 생각 같은 건 더더군다나 없었을 텐데. 그녀는 아주머니의 다섯 번째 옷장이 왜 비어 있는지도 알 것 같았다. 아주머니는 날이 밝기 전에, 그녀 모르게, 할머니의 소지품들을 다시 가져다놓으려고 한 것이었다. 지금 드문드문 걸려 있는 옷들은 아주머니가 방금 전, 이리로 와서 걸어놓은 것이리라. 아주머니는 밤을 새워가며 여러 번 왔다 갔다 할 생각이었을 것이다. 날이 밝기 전에, 그녀가 자물쇠를 뜯고 들어오기 전에, 그 모든 것을 다시 옮겨놓으려고. 지금쯤 아주머니는 또다시 옮길 옷들을 가지고 이리로 오는 중일지도 몰랐다.

랜턴을 비추며 다시 거실로 나온 그녀는 복도를 지나 이층으로 올라갔다. 자신이 여섯 살 때부터 열아홉 살 때까지 사용했던 방. 그녀는 랜턴을 든 손이 시려서 입김을 불어넣었다. 그러고는 어릴 적에 사용하던 책상 앞으로 다가갔다. 입으로 후, 하고 불어냈더니 먼지가 뭉게뭉게 피어올라서 기침이 났다. 책상 앞에 앉은 그녀는 랜턴을 책상 위에 올려놓고 팔짱을 꼈다. 자신이 어릴 적 여기에 앉아서, 작은 불빛에 의지해서 쓰던 일기를 떠올렸다. 서울로 올라올 때 그녀는 그 일기장을 모두 불태워 버렸었다. 이상했다. 그녀는 대체 무엇이 자신을 이렇듯 급박하게 여기로 오게 만든 건지, 몰두하게 만든 건지 알지 못했다. 대체 무슨 일이 일어났길래? 여기에 내가 왜 온 건데? 아주머니가 할머니의 옷을 어디에 가져다놓았든 그게 무슨 대수란 말인가? 그게 무슨 의미가 있단 말인가? 어리석었어. 그녀는 아주머니의 집으로 돌아가고 싶어졌다. 따뜻한 전기장판 위에서 한숨 푹 자고 싶어졌다. 그때, 아래층에서 소리가 났다. 그녀는 랜턴을 비추며 조심스럽게 아래층으로 내려갔다.

고양이였다.

작은 삼색 고양이 한 마리가 털을 잔뜩 세우고 그녀를 위협하려고 애쓰고 있었다.

"하, 야옹아, 너는 절대 날 겁줄 수 없단다."

그녀는 쭈그리고 앉으며 말했다. 고양이는 그녀의 그 말을 거부하겠다는 듯이 더더욱 털을 세웠다. 그런데, 이번에는 바깥쪽에서 소리가 났다. 둔탁하고 불길한 소리. 그녀는 현관문 쪽으로 뛰어갔다. 아주머니가 바깥에서 현관문의 자물쇠를 채우는 중이었다. 그녀가 소리를 지르며 현관문을 두드렸지만, 아주머니는 들은 척도 하지 않았다. 그녀는 거실의 전면창으로 가서 커튼을 젖힌 후, 잠금장치를 풀고 창문을 열려고 애를 썼다. 하지만 왜인지 창문은 그녀가 팔을 내밀 수 있을 정도로만 열린 후 더 이상 꿈쩍도 하지 않았다. 그녀는 죽을 듯이 주먹으로 창문을 두드렸다.

잠시 후 창밖으로 아주머니가 모습을 드러냈다. 아주머니는 옷을 너무 꽁꽁 싸매고 있어서 거대한 눈사람처럼 보였다. 검은색의 거대한 눈사람. 하지만 그런 게 존재할 수 있단 말인가?

"뭐 하시는 거예요? 왜 문을 잠그신 거예요?"

"나도 모르겠다."

아주머니는 혼란스러운 듯한 표정으로 우물쭈물거리며 대답했다.

"문 좀 열어주세요. 아, 제발, 저 지금 너무 추워요."

아주머니 옆에는 커다란 짐 가방이 놓여 있었다.

"할머니의 옷 같은 건 그냥 가지세요. 가방이든, 신발이든 뭐든, 이 집에 있는 모든 걸 다 가지셔도 좋아요."

아주머니는 그녀를 한동안 그냥 바라보다가 입을 열었다. 여전히 아주 부드러운 말투로, 마치 구름 위를 포닥거리며 걸어다니는 듯한 그런 목소리로. 하지만 어딘가는 그녀를 경멸하는 듯한 감정을 담아서.

"너도 잘 알고 있잖니. 나에게 그런 게 필요 없다는 걸."

"그럼 뭐가 필요하신데요?"

그녀의 질문에 아주머니는 살짝 미소를 지었다. 적어도 그녀는 그렇게 생각했다. 마치 난감한 질문을 받았다는 듯한, 쑥스럽다는 듯한 미소. "어떻게 너가 그걸 모르니?"라고 말하는 듯한.

"제발 문 좀 열어주세요. 얼어 죽을 것 같단 말이에요."

그녀는 차가운 바람이 자신이 입고 있는 견과류 냄새가 나는 잠옷 사이로 파고드는 걸 느끼며 애원하듯이 말했다. 아주머니는 잠시 동안 우두커니 서서 눈을 끔벅거렸다. 그러고는 손으로 코를 쓱 닦았다.

"애, 나도 언젠가는 너 같은 손녀를 가질 수 있을 거라고 생각했었어. 남자아이라도 좋았겠지, 뭐든 간에, 여하튼 그런 걸 꿈꾼 적이 있었단다. 나에게 할머니, 하고 부르는 아기들을 말이다."

"제발…… 제발 저를 여기에 혼자 두지 말아주세요."

그녀는 조금 열린 창틈으로 손을 집어넣어 아주머니의 한쪽 팔을 꽉 잡으며 말했다. 아주머니는 그런 그녀의 손을 한동안 내려다보더니 잠시 동안 생각에 잠긴 듯했다. 그러다 입을 열었다.

"얘, 몇 년 전에 말이야, 아마도 니네 할머니가 그렇게 죽고 2년 후엔가…… 우리 아들이 너무 많이 아팠단다. 그냥 독감인 줄 알았어. 그런데 약을 먹어도 며칠 동안 너무 아프기만 해서, 병원에 데리고 갔더니, 오, 세상에, 죽기 일보 직전이라는 거야. 손쓸 틈도 없었단다."

그녀는 고개를 저으며 기어들어 가는 목소리로 말했다.

"아드님이 돌아가신 건 저도 슬퍼요. 그렇지만……."

하지만 그녀는 더 이상 어떤 말로 끝맺음을 해야 하는지 알 수가 없었다.

"병원에서는 내게 종이 한 장을 줬어. 거기에는 그렇게 적혀 있더구나."

아주머니는 잠시 말을 멈추고 코를 한 번 쓱 닦았다.

"원인 불명의 패혈증이라고 했던가? 그게 뭐니? 대체?"

그녀는 필사적으로 고개를 저으면서 말했다.

"아주머니, 제발요. 제발 문 좀 열어주세요. 저를 혼자 두고 가지 마세요."

"나도 지금 내가 뭘 하려는 건지 모르겠다. 내가 잘못 생각하는 건지도 모르지. 그럴지도 모르지. 하지만 오늘 밤만은 그냥 너를 거기에 남겨두고 싶구나."

아주머니는 자신의 팔을 잡고 있던 그녀의 손을 천천히 떼어

낸 후, 짐 가방을 그대로 내버려두고, 몸을 돌려서 철제 대문 쪽으로 걸어가기 시작했다. 무자비할 정도로 거침없는 걸음걸이로. 그녀는 있는 힘을 다해 창문을 두드리며 소리를 질렀지만, 아주머니는 한 번도 뒤돌아보지 않았다. 잠시 후, 아주머니는 그녀의 시야에서 완전히 사라졌다. 그녀는 두 손으로 전면창을 열려고 노력했지만, 꿈쩍도 하지 않았다.

삼색 고양이는 더 이상 그녀를 위협하려는 시도조차 하지 않았다. 마치 그녀가 아무런 힘도 쓸 수 없다는 것을 눈치라도 챈 것처럼, 그녀가 궁지에 몰려 있는 하찮은 인간이라서 신경 쓸 가치조차 없다는 듯이. 고양이는 그녀 주위를 어슬렁거리다가 피아노 위로 훌쩍 뛰어올랐다. 한때는 그녀의 피아노였고 그다음에는 손을 대는 게 금지되어 버린 바로 그 피아노. 그녀는 그나마 따뜻할 것 같은 양모 러그 위에 웅크리고 앉았다. 더러운 양모 러그도 차갑기는 매한가지였다. 조금 열린 전면창의 틈으로 차가운 바람이 계속 새어 들어왔다. 그리고, 바람 소리. 얼어 죽거나 하는 일은 발생하지 않을 것이다. 그런 일은 절대로 생기지 않을 것이다. "사물의 밝은 면만 볼 필요도 없지만, 사물의 어두운 면만 볼 필요도 없죠." 그녀는 테라피스트의 말을 떠올렸다. "당신은 사태를 과장하는 측면이 있거든요." 하, 사태를 과장한다고? 할머니가 죽은 후 그녀는 가끔 꿈을 꾸었다. 꿈속

에서 할머니는 그녀의 방으로 들어와서 바이올린 활로 잠든 그녀의 한쪽 팔뚝을 내리쳤다. 그녀의 테라피스트는 그게 진짜로 일어난 일이 아니라고 말했었다. "나도 알아요." 그녀는 언제나 그렇게 대답했었다.

그녀는 고개를 들어서 현관문 위에 나란히 붙어 있는 영정 사진을 바라보았다. 할아버지, 할아버지의 아버지, 할아버지의 어머니. 아마도 할머니는 자신이 죽은 후 저들 사진 옆에 자신의 사진이 걸릴 거라고 믿었을 것이다. "저분들이 있으니까 니가 여기에 있을 수 있는 거란다. 명심해라." 어머니가 떠나간 이후로 할머니는 거의 매일 아침 밥을 먹을 때마다 그녀에게 신신당부를 했었다. 그랬었지. 그녀는 자신의 손과 볼이 점점 더 차가워지리라는 것을, 그러다가 어느 순간 열이 확 오르리라는 것을 알았다. 허벅지에서는 알 수 없는 통증이 느껴지기 시작했다. 가만히 있으면 안 돼. 그녀는 자리에서 일어났다. 그리고 피아노 쪽으로 다가갔다. 그러니까 만지는 것이 금지되어 있던 그 피아노. 그녀는 할머니 집을 떠난 후 피아노를 한 번도 쳐본 적이 없었다. 바이올린을 연주하거나, 플루트를 연주해본 적도 없었다. 사실, 악기 연주를 듣는 것조차 진저리가 났다. 과민반응이라는 건 그녀 자신도 인정하는 바였다. 그녀가 피아노로 다가가자 그 위에 있던 고양이가 풀쩍 바닥으로 뛰었다. 그녀는 피아노 주위를 한 바퀴 돌면서 몸통을 손가락으로 한 번 쓸어보왔다. 거의 20년 만에 이 피아노를 만지는 셈이었다. 그러니까, 이 피아노는 거의 20년 만에 누군가의 손길을 받고 있는 셈이었다. 그녀의 손이 지나간 흔적을 따라 기다란 길이 생겼다. 먼지가, 더러운 먼지가 차가운 공기 중으로 흩어지거나 손에 달라붙었지만 그녀는 그걸 닦아낼 생각 같은 건 하지 않았다. 그녀는 피아노 앞에 서서 두 손으로 천천히 건반 뚜껑을 열었다. 하, 세상에, 그녀는 이를 악물었다. 그게 너무 쉽게 열려서, 어이가 없을 정도로 지나치게 쉽게 열려서, 그녀는 기가 막힐 지경이었다. 그녀는 검지손가락을 피아노 건반 하나에 올려놓고 조심스럽게, 마치 건반이 아주 작은 힘에도 부서질 것처럼, 조심스럽게 아래로 눌렀다.

묵직한 느낌. 이상했다. 소리가 나지 않았다. 그녀는 건반 세 개를 차례로 눌렀지만, 소리가 나지 않았다. 이번에는 마구잡이로 피아노 건반을 눌러보았다. 소리가 나는 건반은 단 하나도 없었다. 그녀는 피아노 윗뚜껑을 연 후 랜턴 불빛에 의지해 그 안을 살펴보았다. 피아노의 현이 모두 다 끊겨 있었다. 그녀는 옆에 있는 피아노 윗뚜껑도 열어보았다. 역시 현이 모조리 끊겨 있었다.

그녀는 아주머니네 서랍에서 발견한 각종 공구들과 그녀의 바이올린과 플루트를 떠올렸다.

아주머니가 피아노의 현을 다 끊어놓았구나! 대체 왜? 할머니가 살아 계셨을 때의 일은 아니었을 것이다. 그런 건 상상도 할 수 없었다. 아주머니의 아들이 죽은 후의 일일까? 아들이 죽은 후, 아주머니가 이 집에 들어왔다. 어느 날 밤, 잠을 이루지 못하던 아주머니는 문득 이 집에 와야 한다는 생각을 했으리라. 더 이상 아무도 살지 않는, 방치되어 있던 이 집에. 아주머니는 그렇게 할 수 있었다. 열쇠를 가지고 있었을 테니까. 할머니를 제외하면 이 집에서 가장 오래 머물렀던 사람은 아주머니였으니까. 거의 이 집의 주인이나 마찬가지였으니까, 아, 아니다. 아주머니는 절대 이 집의 주인이 아니었다.

아주머니는 지금의 그녀처럼 처량 맞은 옷차림이다. 지금처럼 살이 붙지는 않은 모습이다. 오히려 그때가 아주머니의 인생에서 가장 몸무게가 적게 나가던 시기였다. "그러다가 쓰러지겠어요." 아주머니를 보는 사람마다 그렇게 말을 한다. 자신이 왜 이 집으로 그토록 급박하게 와야 하는지도 알지 못한 채, 무엇이 자신을 끌어들였는지도 알지 못한 채 아주머니는 용인받지 못한 사람처럼 초조하고 혼란스러운 마음으로 아무도 없는 거실을 서성거린다. 그러다가 아주머니의 시야에 피아노가 들어온다. 딱 한 번, 아들이 만졌을 뿐인데 이 집의 주인은 죽을 때까지도 그 일이 사라지지 않도록 이런 식으로 박제를 해두었다. 박제, 그건 자연의 이치에서 벗어나는 일인데. 아주머니는 플라이어를 사용해서 피아노의 현을 모두 다 끊어버리기로 한다. 어느 누가 오더라도, 어느 누가 건반을 건드리더라도 절대 소리가 나지 않도록. 이 집의 주인이 무덤에서 다시 살아 돌아온다 해도, 이 피아노에서는 절대 소리가 나지 않게 해주세요, 라고 아주머니는 소리 내어 기도한다. 그 일을 다 끝낸 후 아주머니는 또다시 이 집의 거실을 서성거린다. 무엇을 해야 할까? 무엇을 할 수 있을까? 아주머니는 할머니의 옷방에 들어간다. 그러고는 할머니의 옷을 하나하나 옷걸이에서 빼내기 시작한다. 많은 양은 아니다. 서너 벌 정도? 그리고 그걸 자신의 집으로 옮겨간다. 다음 날 밤, 어둠 속에서 아주머니는 다시 집을 나선다. 왜 그래야 하는지도 모르면서, 아주머니는 다시 할머니네 집으로 간 다음, 옷 몇 벌을 더 가지고 온다. 절대로 아주머니는 그 일들을 급하게 하지 않을 것이다. 아주 오랜 시간을 들여 천천히, 천천히, 할머니의 옷과 가방과 신발…… 등등을 자신의 집으로 옮겨놓을 것이다. 종래에는 이 집 손녀의 바이올린과 플루트까지도 옮겨놓는다. 왜 그래야 하는지도 모르면서, 그게 자신에게 어떤 의미인지도 알지 못한 채, 그저 들끓는 마음을 진정시키려고, 처참한 마음이 들지 않게 하려고, 죽지 않으려고, 살아남으려고 아주머니는 그 일을 계속한다.

하, 그녀는 드디어 한 가지 사실을 떠올렸다. 그때 그 사실, 아주머니의 아들이 피아노를 친 사실을 어떻게 할머니가 알게 되었겠는가? 그건 바로 자신이 할머니에게 말을 했기 때문이었다.

그녀는 몸이 덜덜 떨렸다. 너무 추웠다. 손발이 저릿하고, 감각이 없어지는 것 같았다. 그녀는 자신이 고등학교에 다닐 적에 방에다가 숨겨놓은 담배와 라이터를 떠올렸다. 죽으란 법은 없는 거야. 온기, 아주 조금의 온기만 있으면 된다. 그녀는 책상 서랍에서 라이터를 찾아냈다. 라이터가 아직도 작동할까? 작동했다. 그녀는 라이터를 켜고 온기를 느껴보려고 했지만 턱도 없었다. 그녀는 책장에 꽂혀 있는 책을 꺼내서 일층 거실로 가지고 내려왔다. 삼색 고양이가 흘깃 그녀를 보더니 전면창의 조금 열린 틈을 통해 밖으로 빠져나갔다. 그녀는 커튼을 친 후, 가지고 온 책을 뜯어서 러그 위에 차곡차곡 쌓아두었다. 손이 곱아서 뜻대로 되지가 않았지만, 그녀는 거의 필사적으로 그렇게 했다. 그리고 라이터 불을 종이에 붙였다. 불이 붙었다가 순식간에 사라졌다. 하, 포기하면 안 돼. 그녀는 부엌으로 가서 테이블 러너를 몇 장 가지고 왔다. 그러고 나서 종이 위에 올려놓은 후 다시 라이터 불을 붙였다. 아까보다는 불이 오랫동안 남아 있었지만, 이번에도 결국은 꺼지고 말았다. 다시 거실의 서랍장 하나를 분리해서 라이터로 불을 붙이려고 애를 써보았다. 역시나 실패였다. 그래도 잠깐의 온기가 그녀를 덥혀주었고, 그녀는 약간의 자신감이 생겼다. 그녀는 조그마한 불씨가 남은 서랍장을 러그 위에 쌓아놓은 책과 테이블 러너 쪽으로 던져놓고 할머니의 옷

방으로 갔다. 옷을 껴입고(하, 왜 그 생각을 미처 못 했지? 그녀는 생각했다. 아마도 그녀의 테라피스트는 이렇게 말했을 것이다. "당신은 가끔 그런 식으로 시야가 막히는 경우가 있어요.") 할머니 방에서 태울 만한 것을 찾고 있다가, 문득 뭔가 잘못되었다는 생각이 스쳤다. 이상했다. 따뜻한 공기의 느낌(그게 너무 낯설어서 그녀는 잠시 동안 이 느낌의 정체가 무엇인지 생각해봐야 했었다)이 그녀의 몸 전체를 조금씩 감싸오는 것 같았다. 무언가 아련하게 부딪히는 소리와 코를 간지럽히는 냄새. 그녀는 언젠가 읽은 책의 구절을 떠올렸다. 사람은 체온이 너무 낮아지면 오히려 몸에서 열이 난다고, 그래서 동상으로 죽은 사람 중에는 나체로 발견되는 경우가 있다고. 나는 아무리 체온이 올라가도 옷은 절대 벗지 않을 테다. 그녀는 생각했다. 하지만 아니었다, 그런 게 아니었다. 그녀는 거실로 나가보았다. 커튼에 불이 붙어 있었다. 아래로부터 타오른 불길은 커튼의 위까지 솟아 있었다. 그녀는 들고 있던 할머니의 코트로 불길을 잡아보려고 했지만, 오히려 코트에 불길이 번졌다. 뜨거워서(방금 전까지 그토록 원하던 불꽃이었는데!) 그녀는 코트를 집어 던졌다. 불길이 순식간에 러그와 쌓아놓은 책과 테이블 러너 위로 번졌다. 그리고 결국엔 소파에도. 그녀의 머릿속으로 이런 문장이 지나갔다.

이 집에는 물이 없다.

사람이 살고 있지 않으니까 물도 없다.

"살려주세요!"

그녀는 현관 쪽으로 가서 미친 사람처럼 문을 두드리며 외치기 시작했다. 바깥에 아무도 없다는 걸 알면서도, 그렇게 할 수밖에 없었다. 자물쇠만 걸린 현관문이 손잡이를 흔들 때마다 아주 조금씩 틈이 생기는 바람에 그녀는 애가 타서 미칠 지경이었다. 거실 안쪽에서 무언가 부서지는 소리가 들렸다. 연기 때문에 그녀는 숨이 막혔고 정신이 나갈 것 같았다. 그녀가 느낄 수 있는 열기의 강도가 점점 심해지면서 그을음과 작은 불꽃들이 그녀에게로 튀었다. 눈물이 줄줄 흘렀고, 목이 아파서 더 이상 소리를 지를 수도 없었다. 그녀는 정신을 놓지 않으려고 한 손으로는 코를 막고 한 손으로는 현관문 손잡이를 잡고 흔들었다.

그때, 갑자기 거짓말처럼 문이 열렸다. 너무 갑자기 열려서 그녀의 몸이 앞으로 쏠렸다. 갑자기 신선한 공기가 폐로 들어가자 그녀는 어안이 벙벙해지는 기분이었다. 아주머니였다. 아주머니는 거대하고 까만 눈사람처럼 그녀의 앞에 서서 숨을 몰아쉬고 있었다. 주름진 이마와 기미가 올라온 피부, 염색을 따로 하지 않았는지 군데군데 새치가 뭉텅이로 올라와 있는 짧은 머리카락. 아주머니는 그녀의 몸을 바깥으로 끄집어냈다. 무자비하게, 마치 그녀가 무슨 잘못이라도 저질렀다는 듯이, 어떤 관용도 베풀지 않겠다는 듯이. 그러고는 정원을 지나서 철제 대문 바깥으로 그녀를 거의 끌다시피 해서 데리고 나갔다. 불길에서

멀어졌을 때, 그러니까, 더 이상 불길이 자신을 해치지 못할 것
이라는 확신이 들었을 때, 그녀는 아주머니의 품에서 벗어났다.
그러자마자 그녀의 입에서 기침이 터져나왔고 곧이어 구역질이
나왔다. 그녀는 주저앉은 채로 아주머니를 올려다보며 말했다.

"절 죽일 생각이었어요?"

아주머니는 한동안 숨을 몰아쉬다가 넋이 나간 사람처럼 그
녀에게 말했다.

"그런 생각은 해본 적도 없어. 애, 난 누굴 죽일 생각 같은
건……."

아주머니는 코끝을 문지르며 말을 이었다.

"나는…… 니가 불을 지필 거라고는 생각도 못 했다."

그녀는 아주머니의 얼굴을 바라보았다.

"애, 넌 하나도 안 다쳤어. 넌 괜찮아. 정신도 멀쩡해."

세상에, 그녀는 고개를 절레절레 흔들었다. 누군가의 집에 가
서 문을 두드리든지 어쩌든지 전화기를 사용할 수 있는 곳으로
가야 했다. 저렇게 놔두면 모든 것이 다 타고 없어지리라. 그녀
가 발길을 옮기려고 했을 때, 아주머니가 그녀의 팔뚝을 꽉 잡
고 놔주지 않았다. 너무 꽉 잡아서 팔이 아플 지경이었다. 그녀
의 팔뚝을 꽉 잡은 채, 아주머니는 불에 타고 있는 집을 바라보
고 있었다. 그녀의 방 창문으로 불길이 치솟았고, 하늘 위로 검
은 연기가 끊임없이 솟아올랐다. 그들이 있는 곳까지 타닥타닥

하고 무언가가 타들어가는 소리가 끊임없이 들려왔다. 그녀는 화재 현장을 실제로 접한 건 처음이었고, 불에 타는 소리가 원래 이렇게 요란한 건지 어쩐 건지 알지 못했다. 불길하게, 끊임없이 마음을 요동치게 만드는 소리. 마음속의 무언가가 계속 잘그락거리며 운동하게 만드는 소리. 침묵에 잠겨 있던 지난 세월을 보상받기라도 하겠다는 듯이. 마지막으로 자신의 존재를 뽐내기라도 하겠다는 듯이. 그건 마치 마지막 포효 같았다. 그녀는 아주머니의 얼굴을 다시 한번 바라보았다. 아주머니의 눈, 아주머니의 눈에서 뿜어져 나오는 기운. 자신의 앞에 펼쳐진 광경을 단 하나도 빼먹지 않고 기억하고 싶다는 아주머니의 열망이 느껴졌다. 환희와 승리감 같은 것을 느끼고 있는 걸까? 얼마나 시간이 지났을까? 서서히 아주머니의 얼굴이 찌푸려지더니, 눈에 눈물이 차오르기 시작했다. 그녀는 아주머니의 마음속에서 무언가가 나달나달해지고 휘어지고 흘러내리는 중이라는 사실을 알 것 같았다.

"아, 세상에."

아주머니는 그녀의 어깨에 얼굴을 묻고 숨죽여서 울기 시작했다. 그때 왜 그 말이 떠올랐을까? "하얀색 두건은 일할 때만 하고 있는 거야. 그 정도의 품위는 우리도 지킬 줄 알았단다." 어릴 적 어머니와 방직공장을 지나가다 보면 기다란 굴뚝과 거기에서 뿜어져 나오는 연기를 볼 때가 있었다. 그녀는 그런 연기에 완전히 혼을 빼앗겼지만, 그녀의 어머니는 절대 그런 것에 정신이 팔리는 법이 없었다. 연기가 피어오르는 걸 볼 때마다 그녀의 어머니는 연기가 그들을 오염시킬 수 있다는 듯이 호들갑스럽게 그녀에게 손수건을 건네준 후, 자신도 손수건으로 코를 막았다. 왜 그래야만 했을까? 정말로 그럴 필요가 있었을까? 그녀는 그제야 그 공장에서 뿜어져 나오는 연기가, 어머니가 지닌 혐오감을 마음껏 표출할 수 있도록 허가된 단 하나의 대상이었다는 사실을 알 수 있었다. 하지만 누가 누구를 허가한단 말인가? 아, 그렇구나, 그걸 허락할 수 있는 사람은 이 세상에 단한 사람뿐이었다. 바로 어머니 자신. 어머니 자신을 허가할 수 있는 사람은 어머니밖에 없었다.

그녀의 테라피스트는 그녀가 과거를 기억하고 있는 방식이 잘못되었다고, 그건 실제로 일어난 일이 아니라고 말했었다. 하지만 그걸 누가 결정할 수 있단 말인가? 그 순간, 불길에 휩싸여서 온몸으로 소리를 지르며 몰락해가는 그녀 자신의 집을 바라보며, 그리고 자신의 어깨에 기대어 흐느끼는 아주머니의 눈물을 느끼며, 그녀는 자신의 기억이 마음속의 어떤 길을 따라갈 건지, 그 길로 통행 허가를 내릴 수 있는 사람은 이 세상에 오로지 자기 자신밖에 없다는 생각을 하고 있었다.

잠시 후, 눈물범벅이 된 아주머니가 그녀를 바라보며 말했다. "얘, 난 너를 좋아한 적이 없어. 지금도 너를 증오하고 앞으로도 너를 증오할 거란다. 나는 앞으로 누군가를 절대로 사랑하지 않을 거란다."

그녀는 순간적으로 충격을 받았다. 왜냐하면 그 집에 살았던 사람들 중 아주머니가 증오하지 않아도 되는 단 한 사람이 있다면 그게 바로 자기 자신이라고 믿었기 때문에. 하지만 그녀는 그게 잘못된 생각이라는 걸 인정했다.

그녀는 한쪽 손으로 자신의 볼을 타고 흐르는 검은 눈물을 닦으며 대답했다.

"알아요."

아주머니는 또다시 코를 한 번 훌쩍이며 말했다.

"얘, 넌 쓸쓸하게 늙어 죽을 거다."

그녀는 흩뿌려지듯 연기 사이로 모습을 드러낸 검은 재들—마치 눈송이처럼 보이는—이 종국에는 지상으로 끊임없이 하강하는 걸 한참 동안 바라보다가 대답했다.

"오, 괜찮아요. 정말로 괜찮아요."

작가 노트

이 소설에는 내가 지난 1년 동안 써온 여러 가지 작품의 모티프들이 뒤섞여 있다. 그중 한 가지는 작년 여름에 썼던 짧은 소설 「크리스마스이브」(원래는 '크리스마스의 추억'이라는 제목으로 발표되었지만, 『맨해튼의 반딧불이』에 실을 때 제목을 바꾸었다)로부터 비롯되었다. 어머니를 떠나 할머니 집에 머물게 되는 어린 소녀—이 모티프는 나를 완전히 사로잡았고 그 후로 다른 소설들을 쓸 때도 나는 계속 그 영향권 안에 있었다.

할머니 집에 머무는 소녀, 라는 이 이미지는 내 경험에서 비롯되었다고 말해도 크게 틀리지 않을 것 같다. 아닌가, 굉장히 틀린 말이 되는 건가? 모르겠다. 어차피 소설이라는 게 쓰는 사람의 경험(그러니까 진짜로 경험한 것 말이다)을 뭐 얼마나 곧이곧대로 담고 있겠는가? 다만 내가 말하고 싶은 건, 내가 할머니 집에 머물렀던 기간은 그리 길지도 않았고, 무엇보다 그 시간을 내가 무척 좋아했다는 점이다.

여름, 여섯 살이었던 나는 노란색 끈 원피스를 입고 마당 빨랫줄에 걸린 옷에 계속 물을 뿌리고 있다. 왜냐하면 빨래에서 뚝뚝 떨어지는 물방울을 계속해서 보고 싶기 때문이다.

낡은 대청마루에 앉은 할머니는 그걸 그냥 바라보며 웃고 있다. 어쩌면 마음속으로 그런 걱정을 하고 계셨을지도 모른다.

"아이고, 저러면 빨래가 마르지 않을 텐데."

"너무 착했던 사람." 어머니는 지금도 할머니에 대해 그렇게 말을 한다. 더 이상의 덧붙이는 말은 없지만 나는 그 표현 속에 할아버지에 대한 어머니의 원망이 부드럽게 녹아 있다는 것을 안다. 부드러운 원망, 혹은 갈 곳을 잃은 원망. 어쩌면 이 소설은 갈 곳을 잃은 원망에 대한 것인지도 모른다.

사족을 덧붙이자면(사족인 줄 알면서도 덧붙이고야 마는 소설가의 실수!) 사실 나는 처음에는 이런 식으로 작가 노트를 쓰려고 했다. "모든 사람은 결국은 할머니가 된다, 라고 썼다가 지운다. 모든 사람이 할머니가 되는 것은 아니므로. 하지만 어쩌면 그게 바로 내가 이 소설을 쓴 이유일지도 모르겠다는 생각이 든다." 얼토당토않은 문장이라는 걸 알지만 어쩐지 나는 이 문장들이 마음에 들었기에 이 또한 여기에 남겨둔다.

11월행

최은미

최은미
2008년 『현대문학』 신인추천에 단편소설 「울고 간다」가 당선되어 등단했다. 소설집 『너무 아름다운 꿈』, 『목련정전(目連正傳)』, 중편소설 『어제는 봄』, 장편소설 『아홉번째 파도』 등이 있다.

기해년의 빼빼로 데이였다. 빼빼로 데이라는 말이 나온 건 하
은에게서였다. 서해안고속도로의 어딘가를 지날 때였다. 오늘
이 며칠이나 됐냐고 규옥이 묻자 하은이 말했다. 월요일이 빼빼
로 데이니까 오늘은 9일이라고. 셋은 토요일에 예산으로 갔다.

　생각해보면 1박 2일간의 짧은 출타였다. 짧다면 짧은 시간이
었는데도 은형은 돌아와 오랫동안 그때의 예산행을 생각했다.
기해년이 다 가고 나서도 기해년의 빼빼로 데이 무렵을 자주 떠
올렸다. 차 뒷좌석에 나란히 앉아서 규옥과 하은은 귤을 까먹었
다. 운전석 쪽으로도 자꾸 먹을 게 넘어왔다. 은형은 한 손으로
는 운전대를 잡고, 한 손으로는 그들이 건네는 걸 받아먹으면서
막혔다 뚫렸다 하는 고속도로를 멍하니 운전했다. 손뼉을 치면
손에 있는 세균이 죽는다고 말한 건 규옥이었을 것이다. 규옥과

하은은 무슨 말인가를 하다가도 맥락 없이 갑자기 박수를 쳤다. 그러다 또 갑자기 조용해져서는 각자 창 쪽으로 고개를 틀고 정신없이 잤다.

예산으로 가는 중에도, 예산에서도, 예산에서 돌아오는 중에도 규옥은 무시로 얘기들을 풀어놓았다. 예산행 내내 얘기들은 불쑥 끊겼고 또 불쑥 이어졌었다. 은형이 익히 들어온 얘기도 있었고 처음 듣는 얘기도 있었다. 셋은 일정 내내 거의 붙어 지냈고 처음 보는 사람들과 같은 마당을 끼고 하룻밤을 보냈다. 아침나절엔 헤맬 뜻도 없이 예산의 가을 산을 한참 헤맸다. 하지만 이상하게도 예산을 떠올리다 보면 은형은 예산보다 예산으로 떠나던 날 아침의 엘리베이터가 먼저 떠올랐다.

칫솔, 수건, 선크림, 머플러, 보조 배터리. 경내로 캐리어를 가지고 들어올 수 없다는 안내 문자를 받았기 때문에 은형과 하은은 각자의 백팩에 각자의 물건들을 넣었다. 하은은 인형과 도블 카드를 챙겼고 은형은 초콜릿과 캔 맥주를 챙겼다. 식탁 위에 올려놓았던 초대권 세 장을 마지막으로 가방에 넣고 은형은 하은과 현관을 나섰다.

엘리베이터가 올라오기까지는 아주 짧은 시간이었을 것이다. 그때 은형은 한 손에는 텀블러를, 한 손에는 휴대폰을 들고 있었다. 슬링 백을 사선으로 멘 하은이 은형 옆에 섰다. 엘리베이터 문에 비친 모습을 보면서 은형은 둘의 키 차이가 점점 줄어들고 있다는 생각을 했다. 그러곤 내비게이션 앱을 열어 도착지까지 걸리는 시간을 확인했다. 자신이 오랫동안 지녀온 무언가를 예산에, 기해년의 예산에 영영 두고 올 것을 알지 못한 채 은형은 엘리베이터에 올랐다. 규옥에게 출발한다며 전화를 했고, 규옥의 집에 들러 규옥을 태웠다.

셋 중 주말이 가장 바쁜 사람은 규옥이었다. 가을이 되면서 지인의 자식들 결혼식이 이어졌고 등산을 해야 하는 주말과 침을 맞아야 하는 주말도 있었다. 셋의 시간이 맞았던 10월의 어느 주말엔 큰 태풍이 왔고, 또 다른 주말엔 규옥이 몸살이 났다.

은형이 연초에 선물받은 템플스테이 초대권은 11월 말이 만료일이었다. 셋은 몇 해 전부터 템플스테이를 함께하자고 별러온 터였다. 초대권을 썩힐 수도 없었으므로 어떻게든 기한 내에 날을 잡아야 했다. 빼빼로 데이 직전의 11월 둘째 주 주말은 연기와 취소를 반복하다 세 사람이 겨우 시간을 맞춘 날이었다. 예약 확정 문자를 받았을 즈음엔 은형에겐 기대감보다 의무감이 더 크게 남아 있었다. 은형은 혼자 누워 잠을 자는 것 말고는 아무것도 하고 싶은 게 없었다. 이런 상태였다.

"할머니, 엄마는 물이 쓰대요." 하은이 말한다.

"약 먹으면 입이 써." 규옥의 말에 "약 안 먹는데?" 은형이 말한다.

"밥도 쓰고 딸기도 쓰고 커피도 쓰대요." 하은이 말하고 "커피야 원래 쓰지." 규옥이 말한다.

한참 뒤 규옥이 이상하다는 듯 은형에게 묻는다. 물이 왜 맛이 없냐고.

"그럼 엄마는 물이 맛있어?" 은형도 이상하다는 듯 묻는다.

"물이 단 날이 있잖아."

"……."

"쓴 날도 있고."

그렇게 말하고 규옥은 하은에게 향한다.

"우리 강아지 요샌 뭘 먹니."

하은을 볼 때마다 규옥은 두 가지를 꼭 물었다. 뭘 먹니와 뭘 배우니.

"목요일부터 계속 까만 밥을 먹었어요."

"흑미밥?"

"먹버섯 남은 게 있어서 먹버섯밥을 했더니 그래." 하은 대신 은형이 말한다.

"먹버섯이 그게, 항암효과가 그렇게 좋단다."

규옥은 항암이라는 말을 좋아했다. 항암 다음에 좋아하는 말은 항산화. 미나리, 시금치, 고구마, 호박, 작두콩, 무, 배추, 어디에서나 규옥은 항암과 항산화 성분을 발견했다. 항암효과가 불러온 이상한 피로감에 젖어 은형은 멍한 상태로 운전을 계속했다. 사과 얘기가 들려온 뒤에야 은형은 다시 뒷좌석을 의식했고, 한참 전에 고속도로 톨게이트를 빠져나왔다는 걸 알아차렸다. 차는 예산 벌판을 달리고 있었다. 밭의 사과 좀 보라고 규옥이 말했다.

"세상에, 저 사과 예쁜 것 좀 봐라."

그래서 은형은 힐끗거리며 사과밭을 봤다. 간간이 나타나는 과수원과 함께 홍성, 삽교, 덕산, 해미읍성 같은 표지판이 지나갔다. 충청도의 나직한 산들이 이어지자 은형은 그제야 여행을 왔다는 실감이 조금씩 나기 시작했다. 충청도는 올 때마다 좋았었다는 생각도 들었다.

"하은아, 예산이 사과가 유명해."

은형이 하은에게 이런 말을 한다는 건 에너지가 좀 상승하고 있다는 뜻이었다. 하은에게 뭔가를 가르쳐주거나 느끼게 해주고 싶어 할 때. 하은이 처음 가는 곳과 처음 보는 것들에 대해 설명해주고 싶어 할 때.

"세탁소 집 옆에 슈퍼 있었잖아."

규옥이 말했다.

"어느 해였나 몰라. 만 원에 아홉 개씩인가 열 개씩인가, 꼭 주먹같이 생긴 걸 한 바구니씩 팔았어. 별생각 없이 샀는데 그게 그렇게 맛있는 거야."

"뭐가?"

"사과가."

"아."

"근데 딱 한 해 팔고는 안 팔아."

"왜?"

"나야 모르지."

"세탁소 집 말이야. 저번달에 아들이 결혼했다고 하지 않았어?"

은형이 묻자 규옥은 말도 말라고 했다.

"신부가 웨딩드레스 말고 한복을 입었는데, 한복도 이쁜 게 좀 많니. 결혼식인데 화사하면 좀 좋아? 퓨전인지 뭔지라는데 색깔은 위아래 다 허연 게, 비녀는 금방 흘러내릴 것처럼 비뚜름하고, 새색시가 아니라 꼭 상주 같았다니까."

아, 상주라니. 덕산 방면으로 우회전을 하면서 은형은 결혼식 날 상주 같아지고 만 신부에 대해 생각했다.

"그리고 신부가 친구가 없었어."

결혼식 날 친구가 없는 신부에 대해서도 생각했다. 한복 얘기 때문이었을까. 규옥에게 세탁소 집 아들의 결혼식 얘기를 들으면서 은형은 문득 규옥의 결혼식 사진을 떠올렸다. 규옥과 규옥의 남편, 그러니까 은형의 엄마와 아빠의 결혼식 사진. 은형이 앨범에서 빼냈던 사진은 두 사람이 폐백 복장을 하고 마당에서 찍은 사진이었다. 규옥 부부가 결혼을 하던 날, 마당의 천막

아래로 친척과 동네 사람들이 모이고 한쪽 구석에선 솥을 걸어 계속 국수를 삶았다고 했다. 앨범엔 신랑과 신부가 고개를 틀며 자연스럽게 웃는 사진도 있었고 키가 작은 아이들이 앞줄에 선 단체 사진도 있었다.

하은 정도의 나이였을 때 은형은 엄마 아빠의 결혼기념일에 선물을 하고 싶었다. 모아둔 용돈으로 문구점에서 액자와 비닐롤 포장지를 샀다. 앨범에서 엄마 아빠의 결혼식 사진 중 하나를 골라선 액자에 넣었다. 은형은 사진을 예쁘게 포장해서 깜짝 선물을 할 계획이었다. 하지만 계획대로 되지 않았고, 그래서 규옥은 여전히 은형이 그런 선물을 하려고 했었다는 걸 몰랐다.

"예산이 또 뭐가 유명하지?"

셋 중 누군가가 창문을 열며 말했다. 차는 국도를 벗어나 가을 나무가 우거진 산길을 한참 들어갔다. 예산은 사과가 유명하고, 근처에는 아름다운 읍성이 있고, 그리고 또,

"수덕사가 있지."

맞다. 예산엔 수덕사가 있었다. 은형 일행이 기해년 11월 주말 하루를 묵게 될 곳. 일주문 직전 갈림길에서 좌회전을 해야한다고 했다. 은형은 등산객들을 헤치며 수덕사 경내를 우회해 들어가 템플스테이 사무국 앞에 주차를 했다.

사시(巳時)는 오전 9시부터 11시까지였다. 은형은 절에 오면

사시라는 말을 일상적으로 들을 수 있는 게 좋았다. 새벽 예불과 저녁 예불 사이에 절에선 사시공양을 올렸다. 사시마지. 사시예불. 사시공양. 협탁 위에 놓여 있는 절에서의 일과표를 보면서 은형은 자신이 지금 사시라는 시간을 실감할 수 있는 곳에 와 있다는 생각을 했다.

셋이 배정받은 방은 심연당 2호였다. 경내에서 등산길로 이어지는 터에 지어진 템플스테이용 한옥 중 한 채였다. 온돌바닥엔 벌써 불이 따끈하게 들어와 있었다. 가방을 내려놓자마자 규옥과 하은은 요를 펴고 방바닥을 뒹굴었다. 은형은 낯선 곳에 오면 일단 그곳의 지형과 지물과 전체 조망도와 예상 동선을 머릿속에 넣어야 안심이 되었다. 둘이 방바닥에 등을 지지는 동안 은형은 툇돌에 벗어놓은 셋의 운동화를 운동화 코가 마당을 향하도록 가지런히 돌려놓고, 가방 세 개를 방 가장자리에 나란히 세워놓고, 외투도 벽 옷걸이에 모두 걸어놓은 뒤 내일까지의 일정표를 시간대별로 머릿속에 입력했다. 은형 일행이 신청한 것은 프로그램이 있는 체험형 템플스테이였다.

11월 중순이었지만 외투를 입어야 할지 말아야 할지 망설여질 정도로 날씨가 따뜻했다. 사무국에서 받아 온 수련복 바지와 조끼로 갈아입고 셋은 심연당 앞마당으로 나가 인증사진을 찍었다. 규옥과 하은이 서면 은형이 찍고, 은형과 하은을 규옥이 찍고, 규옥과 은형을 하은이 찍었다. 규옥이 단풍잎이 달린 나

뭇가지를 잡고 담에 기대서자 하은이 규옥의 독사진을 여러 장 찍었다. 예전 같았으면 은형은 무엇보다 하은의 사진을, 얼굴은 안 나와도 어디에서 뭘 하는지는 알 수 있는 SNS용 사진을 집 중적으로 찍었겠지만—하은아, 점프해봐. 하은아, 저쪽으로 걸어가봐. 하은아, 손 하트 그려봐. 하은아, 웃어봐—언제부턴가 그런 사진을 찍지 않았다. 똑같은 수련복을 입고 심연당 마루에 나란히 앉아 있는 규옥과 하은을 보면서 이 정도면 자신이 그리던 그림과 가깝다는 생각을 잠깐 했을 뿐이었다.

"구경 좀 하자. 무슨 좋은 게 들었는데 이렇게 단단히 메고 있나, 할머니 궁금해 죽겠다."

수련복 조끼를 입고도 그 위로 슬링 백을 메고 있는 하은을 보며 규옥이 말했다. 하나만 꺼내 보여달라고 규옥이 옆구리를 찌르자 하은이 몸을 틀며 큭, 했다.

"할머니, 저 내년이면 열두 살이에요."

"세상에, 너랑 나랑 오십 살 차이니?"

규옥이 새삼스러운 말을 했다. 규옥이 그 말을 할 때면 은형은 나이 차이가 좀 더 나는 게 바람직하지 않나 생각하곤 했다.

"하은이 슬링 백에 뭐가 들었는진 나도 몰라, 엄마."

은형은 심연당 마루 끝에 있는 정수기로 가 텀블러에 물을 채웠다. 하은은 템플스테이 참가자 중에 자기 또래가 있길 간절히 바라고 있었다. 하지만 모임 장소인 소법당으로 가보니 아동은 하은이 유일했다. 은형 일행을 포함해 그 주말의 템플스테이 참가자는 모두 열 명이었다.

"엄마, 저 아저씨가 입은 플리스, 내 거랑 비슷해."

템플스테이 담당자를 따라서 사찰을 둘러보는 중에 하은이 말했다. 수련복 조끼 위로 양털 플리스를 걸친 남자는 통통한 체형으로 혼자 온 것 같았고 40대 중반쯤으로 보였다. 30대 딸과 함께 온 노부부가 있었고 이색 데이트를 온 듯한 20대 남녀 연인이 있었다. 혼자 온 듯한 여자 한 명은 키가 컸는데 40대 초 중반쯤으로 보였고 템플스테이 담당자와 제일 가까이에서 걸었다.

"수덕사는 뭐가 유명하지?"

대웅전 앞쪽으로 왔을 때 등산객인지 템플스테이 일행인지 모를 목소리가 말했다. 담당자가 일행에게 무언가를 설명했고 혼자 온 듯한 키 큰 여자가 고개를 끄덕였다. 은형은 텀블러에 채워 온 물을 마시면서 사람들과 서 있는 규옥과 하은 쪽으로 걸어갔다. 대웅전 뒤의 덕숭산은 단풍으로 울긋불긋했고 그 위로 늦은 오후 해가 걸쳐 있었다.

수덕사 대웅전을 은형은 15년 만에 보았다. 하은을 낳은 뒤로는 한 번도 와본 적이 없었다. 은형은 수덕사 대웅전을 좋아했었다. 누군가 대웅전 측면에 몇 시간 서 있으라고 해도 좋을 만큼 이 오래된 목조건축물이 주는 기운을 사랑했었다. 그랬는데, 차로 두 시간이면 오는데, 어쩌다 15년 만에 오게 됐을까? 템플스테이 일행은 각자 흩어져 대웅전 뜰 앞에서 사진을 찍거나 법당에 들어가거나 했다. 규옥은 내내 산과 나무의 단풍에 넋을 빼앗겼고 하은은 심심하고 배고픈 표정으로 돌멩이를 툭툭 찼다.

스님이 나타난 건 일행이 범종각과 황하정루를 지나 절 초입의 수덕여관으로 내려갔을 때였다. 이응로가 나혜석에게 그림 배우던 얘기를 담당자가 막 끝냈을 때였다. 나혜석이 만공스님에게 출가를 퇴짜 맞은 얘기라든가, 나혜석과 일엽스님의 우정이라든가, 수덕여관 앞에서 나누기 좋은 그런 일화들이 막 나오던 때였다. "열 분이시네요!"라는 말과 함께 한 비구니 스님이 템플스테이 팀 쪽으로 걸어왔다.

스님은 밀짚모자를 쓰고 있었고, 목소리가 컸고, 어딘가 가던 길인 듯 조금 분주해 보였다. 일행을 둘러보다가 스님은 한 가족을 찍었다는 듯한 표정으로 은형과 규옥과 하은한테로 걸어왔다. 그러고는 사진을 찍어주겠다고 말했다. 셋이서는 아직 못 찍었을 거 아니냐고. 은형은 엉겁결에 스님한테 휴대폰을 건네고는 규옥과 하은과 나란히 섰다. 배경으로 수덕여관이란 간판 글씨가 다 나와야 예쁘다면서 스님은 은형의 휴대폰을 들고 몇 걸음 뒤로 물러났다. '자, 찍습니다'라거나 '하나 둘 셋' 대신 스님은 말했다.

"엄마 둘에 딸 둘이시네요."

은형은 집에 돌아와서 수덕여관 앞에서 찍은 그 사진을 자주 열어봤다. 그 주말 셋이 함께 찍은 유일한 사진이었다. 수덕여관 나무 출입문 앞쪽으로 헐렁한 수련복 바지를 입은 규옥과 은형과 하은이 서 있었다. 사진엔 "엄마 둘에 딸 둘"이라는 말을 듣던 순간의 표정이 담겨 있었는데, 그 말에 순간적으로 웃고 있는 건 하은이었고 규옥과 은형은 둘 다 어리둥절한 표정을 하고 있었다.

　"엄마, 채윤이 있잖아."

　"응, 채윤이."

　"걔가 3학년 때 나를 맨날 먹는 전이라고 놀렸어."

　규옥과 은형과 하은은 성이 다 달랐는데 하은은 전씨였다. 너도 한마디 해주지 그랬느냐고 규옥이 말하자 하은이 뿌듯한 표정으로 말했다.

　"그래서 저도 채윤이한테 그랬어요. 너는 먹는 김이면서!"

　그 얘기가 나온 건 공양실에 김이 많았기 때문이었을 것이다. 다들 배가 고팠는지 저녁 예불 전에 저녁 공양 시간이 있어 다행이다 싶은 얼굴들이었다. 사람들은 아직 서먹한 채로 테이블마다 흩어져 밥을 먹었다. 하은은 간장으로 졸인 당면찜을 제일 많이 담아 왔다. 규옥은 무청나물과 월동초겉절이와 버섯탕수이를 담아 왔다. 우무묵은 부드러웠고 미역줄기장아찌는 고슬고슬했다. 은형은 김부각을 두 접시째 갖다 먹었다.

"하은아, 니 엄마는 어려서부터 시꺼먼 음식을 그렇게 좋아했어."

김부각을 부숴 먹고 있는 은형을 보고 규옥이 말했다.

"떡도 거뭇거뭇한 도토리떡을 좋아하고. 아파도 흰죽은 안먹어. 흑임자죽씩이나 해줘야 쳐다나 볼까."

하은이 은형을 보았다.

"엄마, 그래서 나한테 까만 밥을 해주는 거야?"

"다들 왜 그래? 블랙 푸드가 몸에 얼마나 좋은데. 항산화엔블랙 푸드만 한 게 없어."

그렇게 말하고 나니 은형은 갑자기 오징어먹물리소토가 먹고 싶었다. 공양실 소쿠리에 쌓여 있던 김부각을 반 정도는 은형이 먹은 것 같았다. 김에 찹쌀풀을 하얗게 발라 튀겨서인지 김부각은 검다기보다는 희끗희끗했다.

"김에 눈 묻은 것 같다."

옆에서 같이 김부각을 집어 먹다가 하은이 말했다.

"겨울에 회양목 화단에 눈 내려봐. 그게 꼭 쑥버무리 같아."

규옥의 말에 "맞아." 하고 은형이 말했다.

진짜 그런 음식들이 있었다. 풀에 눈 내린 것 같은 음식들. 두부쑥갓무침 같은 것. 톳에 두부 으깨 무친 것. 쑥에 흰 쌀가루 뿌려 쪄낸 것. 쑥버무리, 쑥설기.

"너 가졌을 때, 알이 꽉 찬 양미리조림이 그렇게 먹고 싶었는데."

규옥의 말에 양미리가 뭐냐고 하은이 물었다.

"왜, 그, 있잖아."

규옥은 양미리라는 물고기의 생김새를 설명하기 시작했고…… 주위를 보니 다들 일어나 나가고 공양실엔 셋만 있었다. 공양실 보살님이 하은을 부르더니 수련복 조끼 주머니를 벌려 보라고 했다. 밤이 많이 남았다면서 보살님은 삶은 밤을 하은의 주머니에 넣기 시작했다. 은형도 몇 개를 받아 넣었다.

"세상에, 밤이 주먹만 하네."

규옥이 옆으로 오더니 말했다. 은형은 허탈한 표정으로 규옥을 보았다. 밤이 주먹만 하다니? 아까는 사과보고 주먹만 하다고 하지 않았나? 그 말을 들었을 때 은형은 정말로 주먹만 한 크기에 울퉁불퉁하고 못생긴 사과를 떠올렸었다. 하지만 갑자기 예상과 다른 사과일 수도 있겠단 생각이 들었다. 규옥은 누군가와 통화를 하면서 저만치 먼저 걸어갔다. 6시도 되지 않았는데 밖은 컴컴했다. 하은은 주먹만 한 밤 무게 때문에 수련복 조끼가 무릎까지 닿을 것 같았다.

"내가 먼저 양치해야지." 은형이 주머니에 손을 넣고 뛰기 시작하자 하은은 뛰지도 걷지도 못하고 서서 은형을 불렀다.

"엄마. 아, 엄마!"

뭔가 반칙이라는 듯한 목소리로,

"엄마!"

하은이 계속 은형을 불렀다.

"같이 가, 엄마!"

은형은 멈춰 서서 뒤를 돌아봤다. 어둑어둑한 경내 저쪽에서 울룩불룩 늘어진 조끼를 입고 열한 살 하은이 걸어오고 있었다. 은형은 다가가서 밤을 덜지도, 웃지도 않았다. 무표정하게 서서 하은을 쳐다만 봤다.

하은이 툴툴거리며 옆에 와 선 뒤에야 은형은 조금 웃었다. 그제야 정신을 차린 듯이. 그때까지도 은형은 공양실에 텀블러를 두고 온 걸 알지 못했다. 저녁 예불 시간에 맞춰 법고각 앞으로 갔을 때는 법고 테두리가 다 보이지 않을 만큼 어두웠다. 관람객들도 등산객들도 모두 돌아가고 절에서 묵을 사람들만 남아 있었다. 템플스테이 일행이 법고각 앞에 두 손을 모으고 서서 스님들이 번갈아가며 법고 치는 걸 보고 있었다. 은형은 숙소에 들렀다 컴컴한 경내로 다시 나오면서부터 무언가가 참을 수 없이 허전하게 느껴졌는데 그게 추위 때문인지 어두운 산이 가까이 있어서인지 알 수 없었다. 텀블러 때문인 걸 알아차렸을 땐 이미 공양실로 뛰고 있었다.

처음 있는 일은 아니었다. 지난 몇 년간 은형은 그 텀블러를 어디에든 들고 다녔고, 그래서 어딘가에 두고 올 때가 종종 있었다. 유치원에 하은을 픽업하러 갔다가 신발장 위에 놓고 오기도 했고 지하철 한 시간 거리의 먼 동네 술집에 두고 온 적도 있었다. 동네 카페에, 놀이터 벤치에, 규옥의 집에, 또 어딘가에, 어딘가에. 다시 찾으러 가보면 텀블러는 거기에 그대로 있거나 누군가가 보관해놓고 있었다. 은형은 정리가 막 끝나가는 공양실 문을 열었고 이번에도 보았다. 정수기 옆에서 은형이 찾으러 와주길 기다리고 있는 빨간색 써모스 텀블러를!

다시 일행한테로 갔을 땐 다들 예불을 드리러 대웅전 안으로 들어가고 법고각 앞에는 아무도 없었다. 은형은 한 손에 텀블러를 들고 서서 텅 빈 보름달 같은 법고를 쳐다봤다. 법고 가죽에서 빛이 나오나 했는데 법고각 난간을 돌아 따라가 보니 뒤편의 명부전에서 나오는 불빛이었다. 그 안에서도 누군가 저녁 기도를 하고 있었다. 영가 인등 접수 중이라는 안내 현수막이 보였다. 잔바람이 불고 있어서 영가라는 글자도 인등이라는 글자도 어둠 속으로 숨었다 나타났다 했다. 은형은 명부전 앞으로 몇 발자국 다가서다 멈췄다. 저쪽 대웅전에서 규옥이 문을 열고 나왔다. 이어서 하은이 나왔고 다른 참가자들도 나왔다. 다들 은형은 보지도 않고 줄지어 어딘가로 가고 있었다. 은형은 맨 끝에 붙어 그들을 따라갔다. 소법당이었고, 스님이 찻물을 끓이면서 일행을 기다리고 있었다. 낮에 수덕여관 앞에서 만났던 스님이었다. 산 쪽으로 바쁘게 올라가는 걸 보고 선원 스님이라고 생각했었는데, 그 스님이 템플스테이 담당이었다.

조이스 진, 저 산 너머에는, 저 수평선 너머에는, 저 하늘 너머에는 II Discovery of the world 1

은형은 낮에 입력했던 일정표를 머릿속에서 불러냈다. 그러니까 그 시간은 '스님과의 차담' 시간이었다. 각자 자기소개를 하고—어디에서 왔고 어쩌다 왔는가? 홍성에서 왔고 예전부터 템플스테이를 꼭 한 번 해보고 싶었습니다—고민이 있으면 스님께 말해보기도 하는 시간. 참가자들은 소법당에 둥그렇게 둘러앉아 스님이 우려낸 차를 찻잔에 나누어 따랐다. 스님은 팀의 유일한 아동인 하은에게 이런저런 말을 먼저 걸었다—몇 학년이에요? 학원 다니는 거 힘들지요?—사람들이 모두 하은을 보았고 은형도 하은을 보았다. 이런저런 대답을 하는 하은을 보면서 은형은 생각했다. 입술이 왜 저렇게 텄지. 립밤 좀 잘 바르지. 내가 요새 과일을 안 먹였나. 그러는 사이 하은은 무슨 말 끝엔가 11월 11일 얘기를 하고 있었다.

요새는 무엇을 좋아하는지, 무엇을 기다리는지, 어쩌면 스님이 그런 걸 물어봤는지도 몰랐다.

"저는 빨리 11월 11일 11시 11분이 됐으면 좋겠어요."

하은이 말하자 스님이 왜냐고 물었다. 이유를 생각해본 적이 없다는 얼굴로 잠시 어리둥절하게 있다가 하은이 말했다.

"음…… 그때가 진정한 빼빼로 데이니까요!"

"그 시간이 되면 소원 같은 걸 비는 거예요?"

"그런 건 아니고요. 그냥 그때 시계를 보는 거예요. 11월 11일 11시 11분에. 11월 11일 11시 11분이다! 하면서요."

"나도 그랬는데."

그렇게 말한 건 남자 친구와 함께 온 20대 여자였다.

"초딩 때 저도 그랬어요. 11월 11일 11시 11분을 기다렸어
요."

"……."

"1월 23일 4시 56분도 기다렸는데."

그러더니 여자는 큭큭큭큭큭 웃었다. 좀 길다 싶게. 사람들
시선이 하은에게서 20대 커플로 향했다. 결혼 전에 좋은 추억
을 만들고 싶어서 왔다고 옆에 있던 남자 친구가 말했다. 누군
가가 축하한다고 말했다.

"스님."

초딩 때 11월 11일 11시 11분을 기다리곤 했던 여자가 스님
을 불렀다. 찻잔에 든 연잎차를—소주도 아닌데—한 번에 털어
넣더니 여자가 말했다.

"저는요 스님, 그러니까 제가, 결혼을 하게 된 거예요, 스님."

"우리 딸은 언제 가나."

말을 받은 건 딸과 남편과 함께 온 노부인이었다. 그녀는 규옥
과 비슷한 60대 여성으로 보였는데 규옥과는 분위기가 많이 달
랐다. 피부는 잡티 없이 매끄러웠고 머리카락은 정기적으로 뿌
리 볼륨 펌을 한 것처럼 풍성했다. 살면서 독촉 전화 같은 건 한
번도 받아보지 않았을 것처럼 얼굴엔 너그럽고 유머러스한 표

정이 배어 있었다. 머리가 희끗한 남편과 내내 손을 잡고 다녔는데 딸은 두 사람이 하는 모든 말에 시큰둥한 표정을 지었다.

"저는 고양이랑 살아요."

혼자 온 키 큰 여자가 말했다.

"저는 아내와 아이와 삽니다."

혼자 온 플리스 남자가 말했다. 플리스 남자는 바로 어떤 조치를 취해야 하는 게 아닐까 싶을 정도로 얼굴에 수심이 가득했다. 무언가 큰 고민을 털어놓을 듯한 표정이었는데—이혼을 앞두고 있다거나 파산을 했다거나—갑자기 의상대사와 원효대사 얘기를 꺼내 분위기를 뜨악하게 했다.

"제가요, 스님."

플리스 남자의 얘기를 끊어낸 건 규옥이었다.

"제가 애를,"

규옥이 은형을 가리켰다.

"사시에 낳았어요, 스님."

은형의 팔을 잡으며 규옥이 말했다.

"얘가 기미년 양띠예요."

이어 하은을 가리키면서는 "내 손녀는 기축년 소띠."

마지막으로 자신을 가리키며 규옥이 말했다.

"저는 기해년 돼지띠고요."

스님이 "아이고 어머니, 올해 환갑이시네요." 했다.

누군가가 또 축하한다고 말했다.

은형은 규옥이 사시라는 시간을 말했다는 데에 좀 놀랐지만 생각해보면 자신이 사시에 의미 부여를 해온 건 어려서 규옥에게 그 말을 들었기 때문인 것도 같았다.

규옥은 은형을 스물에 낳았다. 스물이 되던 해의 겨울에, 사시에. 9시부터 11시 사이, 밤과 새벽을 한참 지나온 시간, 사시는 빼도 박도 못하는 완연한 아침이었다.

"귀중품인가 봐요."

스님이 은형을 보며 말했다. 은형은 자신도 모르게 텀블러를 내내 껴안다시피 팔에 감고 앉아 있었다. 그제야 생각난 듯 텀블러를 바닥에 내려놓으며 은형은 스님을 보았다. 스님은 둥근 안경을 쓰고 있었다. 신도들을 많이 만나는 소임을 맡은 스님들이 그렇듯 눈매가 활달했다. 하지만 그 모든 활기가 혼자 있기 위한 시간을 벌기 위해 치러야 하는 과정이라는 듯, 무언가를 견디는 듯한 분위기도 함께 있었다. 스님을 마주 보며 불경스럽게도 은형은 생각했다. 77? 많이 잡아서 75? 은형과 나이 차이가 많지 않을 것 같았다.

"아이가 어렸을 때 선물받은 텀블러인데요, 어쩌다 보니 늘 들고 다녀요. 물을 자주 마시기도 하고…… 손에 너무 익어서 그런가, 없으면 불안하더라고요."

"저도 11월 11일을 기다리고 있어요."

그 말을 하면서 스님은 은형을 봤던 것 같기도 하고 찻잔을 봤던 것 같기도 하다. 스님이 11월 11일을 기다린다고 말했던 그때는 처음 만난 사람들이 수덕사 소법당에 둘러앉아 있던 때였고 기해년의 11월 9일이었다.

템플스테이 팀들은 그래서 알게 되었다. 내일모레 11월 11일은 빼빼로 데이이기도 하지만 기해년의 동안거 결제일이기도 하다는 걸. 스님은 템플스테이 담당이기도 했지만 은형의 처음 짐작대로 선원에서 수행을 하는 스님이었다. 안거가 시작되면 3개월 동안 선원에 들어가 바깥출입을 하지 않는 스님.

산문이 내일 닫힌다고 스님이 말했다. 템플스테이 이튿날 아침에는 산 중턱의 선원까지 포행을 하는 일정이 있었다. 기라성 같은 선사들을 배출한 유명 선원이라 늘 관람객들이 있는 곳이었지만 안거 기간엔 관람객도 템플스테이 팀도 선원 안으로 들어가지 못했다. 내일 닫힌 산문은 기해년이 다 지난 다음 해 2월 무렵에야 다시 열릴 것이다. 그러니까 이 템플스테이 팀은 기해년에 선원에 들어갈 수 있는 마지막 팀이었고 이 스님과 차담을 나누는 기해년의 마지막 팀이었다.

"다음 기해년이 오려면 얼마나 있어야 되나."

"다시 61년이 지나야죠."

차담을 마치고 일어서며 사람들은 그런 얘기를 했다.

아침부터 운전을 해 몸이 피곤했지만 방에 돌아와 누워도 은형은 눈이 감기지 않았다. 규옥과 하은은 씻고 나란히 누워 각자 휴대폰을 들고 있었다. 규옥은 유튜브로 장구의 신이라는 한 트로트 가수의 영상을 봤고 하은은 제페토 캐릭터 꾸미기를 했다. 은형은 팔베개를 하고 둘을 보며 모로 누웠다.

규옥은 피부 여기저기에 붉은 반점이 돋아나고 있었다. 병원에 가도 원인이 나오지 않았고 한약을 먹고 침을 맞아도 차도가 없었다. 그건 규옥이 지난 60년을 살면서 한 번도 겪어보지 않은 일이었다. 근래 규옥의 몸에는 규옥이 생애 처음 겪는 일들이 어느 때보다도 극적으로 일어나고 있었다. 허리에, 어깨에, 손목에, 혈관에, 어떤 기미처럼, 결과처럼, 시작처럼. 그것은 피부 표면으로 기어코 드러날 수밖에 없는 무슨 일인 것 같았다.

하은의 휴대폰에서 "9시예요"라는 아이 목소리가 울렸다. 은형은 일어나 방의 불을 껐다. 셋은 천장을 보고 나란히 누웠다. 아직 불을 끄지 않은 방들이 있는지 창호가 희붐했다.

"엄마, 할머니, 그거 아세요?"

"뭐?"

"자기 전에 오른손을 베개 밑에 넣고 왼손을 가슴에 얹은 다음에요, 꿈에서 보고 싶은 사람 이름을 세 번 부르고 자잖아요? 그럼 그 사람이 진짜 꿈에 나온대요."

"우리 강아진 어디서 그런 말을 그렇게 잘 주워듣니?"

규옥이 하은에게 너 먼저 해봐라, 했다.

하은이 오른손을 베개 밑에 넣고 왼손을 가슴에 얹었다.

"민윤기. 민윤기. 민윤기."

"윤기가 같은 반 친구니?"

규옥의 말에 하은이 큭큭 웃었다.

"방탄 슈가 오빠예요."

이번에는 규옥이 오른손을 베개 밑에 넣고 왼손을 가슴에 얹었다. 아무 말이 없길래 하은과 은형이 어서 이름을 말하라고 재촉했는데…… 규옥은 속으로 이미 말했다고 우겼다.

"그건 반칙이죠!"

하은과 은형은 동시에 외쳤다. 그러고 나니 은형의 차례였다. 은형도 오른손을 베개 밑에 넣고 왼손을 가슴에 얹었다. 하지만 아무도 떠오르지 않았다. 누구라도 좀 떠올리고 싶었지만 아무도. 꿈속에서 보고 싶은 사람이 한 사람도 떠오르지 않는다는 것에 은형은 충격을 받았다. 어떻게 이럴 수가?

반칙이라는 항의를 받으면 뭐라고 해야 하나 생각하고 있는데 규옥의 규칙적인 숨소리가 들렸다. 하은도 조용했다. 은형은 곁눈 시야로 비치는 둘의 실루엣을 느끼며 한참 동안 천장을 쳐다봤다. 그러다 머리맡을 더듬어 휴대폰을 집어 들었다. 은형은 포털 검색창을 열고 '양' '미' '리'라고 쳤다. 휴대폰 불빛 때문이었을까. 하은이 뒤척이다 은형의 휴대폰 쪽으로 고개를 내밀었다. 은형은 하은도 볼 수 있게 휴대폰을 더 들고는 양미리의 이미지 탭을 눌렀는데…… 둘은 동시에 헉, 소리를 내고 말았다. 뱀장어 같은 물고기 수십 마리가 줄줄이 꿰이거나 엉켜 있는 이미지가 휴대폰 화면을 가득 채웠던 것이다. 은형은 서둘러 검색어를 '양미리조림'으로 바꿨다. 그제야 보기에 수월한 음식 사진이 나왔다. 하은은 무와 대파와 붉은 고추와 함께 졸인 전골냄비 속 양미리 사진을 마지막으로 보고 잠이 들었다.

은형은 심연당 뜰 쪽으로 난 창문을 조금 열고는 창문턱에 팔을 걸치고 캔 맥주를 땄다. 얼굴에 찬 공기가 와 닿자 11월 밤이라는 실감이 왔다. 사람들이 묵고 있는 방 창호가 마당을 끼고 길게 이어져 있었다. 끝 방은 템플스테이 담당 스님의 방, 저 방은 누군가의 방, 또 누군가의 방, 마당은 어두웠고 한쪽 끝에서 음료 자판기가 빛을 내고 있었다. 너무도 쨍하고 도드라지는 빛이었다. 언젠가 꼭 한 번 어둑한 공간에서, 은형은 이렇게 빛을 뿜는 자판기를 본 적이 있는 것 같았다.

은형은 맥주를 더 마셨다. 잠들지 못하는 사람들이 간간이 마당을 지나갔다. 초딩 때 11을 기다린 여자가 고양이와 함께 사는 여자에게 무슨 말인가를 토해내며 지나갔고 초딩 때 11을 기다린 여자의 남자 친구와 플리스 남자가 허공으로 숨을 뿜으며 지나갔다. 내일이면 선원에 들어가는 스님의 방에서 불이 켜졌고, 어느 순간 다시 꺼졌다. 마당에 남은 잔광이 은형을 더 잠 못 들게 했다.

그날 밤 규옥은 자면서 간간이 앓는 소리를 냈다. 아주 긴 시간의 피로가 누적되어 나오는 듯한 소리였다. 오랫동안 집 안의 노동과 집 밖의 노동을 함께해온 사람의 소리. 여전히 육체노동을 하고 있는 사람의 소리. 기해년에 태어나 다시 기해년을 맞은 사람의 소리. 새벽이 되자 규옥은 언제 앓았냐는 듯 은형과 하은을 깨우며 가장 먼저 예불에 갈 준비를 했다. 아침 공양실에서도 제일 큰 목소리로 템플스테이 팀한테 인사를 했다.

공양이 끝나고 선원으로 포행을 갈 시간이 다가왔을 무렵, 경내를 산책하다가 규옥은 명부전 앞에서 걸음을 멈췄다. 규옥은 법당 앞에서 신발을 벗기 시작했다. 지장보살님께 인사를 드리고 가야겠다는 것이었다.

"내가 여길 또 언제 오겠니."

규옥이 말했다.

"차로 두 시간이면 오는데."

그렇게 말했지만 은형은 알고 있었다. 규옥도 하은도 은형 자신도 어쩌면 여기에 다시 오지 못할 것이다. 언제든 갈 수 있어서 두 번은 가보지 못하는 다른 많은 장소처럼.

스님과 일행이 선원으로 출발하기로 한 시간이 지났는데도 규옥은 법당에서 나오지 않았다. 은형은 규옥을 부르러 안으로 들어갔다. 명부전 한쪽 벽면, 주먹보다 작은 등이 빼곡하게 꽂혀 있는 영가 인등단 앞에 규옥이 서 있었다.

"나도 이걸 하나 밝혀야겠다."

은형이 다가가자 규옥이 말했다.

"아빠 인등은 봄에 달았잖아. 외할머니 인등도 달았고."

"그 애 걸 달아야겠어."

그러면서 규옥은 촌수도 아득한 먼 친척 얘기를 했다. 꼭 하은이만 한 나이였다는 어떤 여자아이 얘기를. 여름방학을 앞둔 어느 더운 날, 아이는 학교를 마치고 집에 오다가 친구들과 냇가로 들어갔다. 그 애가 그날 멱을 감다가 죽었다고, 규옥이 말했다.

은형은 규옥이 왜 지금 그런 얘기를 하는지 알 수 없었다. 규옥과도 두어 번밖에는 본 적이 없다는 먼 친척 동생 얘기를 왜.

"아무 데도 없어."

인등을 보며 규옥이 말했다.

"그 애가 아무 데도 없어. 내 결혼식 사진에만 있다."

법당 바닥에 아지랑이 같은 것이 어른댔다. 인등 그림자인지 아침 해가 비쳐 드는 것인지 불분명했다. 열린 법당 문 밖으로 하은이 서 있는 것이 보였다.

그맘때, 은형은 액자와 비닐 롤 포장지를 샀었다. 앨범에서 엄마 아빠의 결혼식 사진을 꺼내 액자에 넣고 있었지.

"누비 원피스에 바가지 머리를 하고 왔었어."

결혼식 단체 사진의 앞줄엔 어떤 여자아이가 있었을 것이다.

누비 원피스에 바가지 머리를 하고 친척 언니의 결혼식에 온 아이. 그로부터 몇 달 뒤 멱을 감다 죽은 아이. 오직 규옥의 결혼식 사진에만 남은 아이.

은형은 누비 원피스를 입은 바가지 머리의 여자아이가 사진에 있었는지 기억나지 않았다. 은형이 기억하고 있는 건 이런 것이었다. 은형이 비닐 롤 포장지를 액자에 맞게 자르고 있을 때 아빠가 지나가다 은형을 보았다는 것. 딸이 꺼내 든 게 자신의 결혼식 사진인 걸 알고 그는 손을 내저었다. 그는 화를 내지도 않고 조금 웃기까지 했지만 은형은 짧은 순간 뭔가를 알아차렸다. 아빠가 자신의 결혼을 기념하고 싶어 하지도 포장하고 싶어 하지도 않는다는 것을.

결혼을 할 때 그들은 둘 다 스물이었다. 결혼식을 할 때 그들에게 이미 은형이 들어서 있었다는 걸 은형은 아주 나중에 할머니에게 들었지만 아빠가 손을 내저은 이후로 은형은 엄마 아빠의 결혼기념일을 더는 기억하지 않았다.

은형의 휴대폰을 들고 문가에 서 있던 하은이 은형을 불렀다. 스님에게 문자 메시지가 와 있었다.

'먼저 올라갑니다. 천천히 오세요. 지현.'

규옥은 인등 담당자가 올 때까진 움직이지 않을 것 같았다. 그래서 은형도 기다렸다. 인등 담당자가 오기를. 완연해진 아침 해가 경내를 반쯤 채웠을 무렵, 규옥은 기어코 명부전 벽면 한

쪽에 어떤 여자아이의 등 하나를 밝혔다.

그 사실을 은형은 예산에서 돌아와서도 오래 기억했다.

명부전에서 나와 셋은 지름길로 추정되는 길로 접어들었다. 길 초입에서 보았던 선원 안내 표지판이 어쩐지 보이지 않았고 마애불이 먼저 나왔다. 마애불 앞을 쓸고 있던 할아버지가 산길을 가리키며 말했다. 이 길로 가면 선원이 금방이라고. 그래서 셋은 산을 타기 시작했는데…… 규옥은 산에 들어서자 물 만난 물고기와 같았다. 하은도 곧잘 할머니를 따라갔다. 제일 허덕대는 건 은형이었다. 은형은 한참 가다 바위에 퍼져 앉아서는 앞서가는 규옥과 하은을 쳐다봤다. 텀블러의 물을 한 모금 마시고 바라보면 규옥과 하은은 저만큼 가고 있었고 다시 한 모금 마시고 바라보면 그만큼 더 멀어져 있었다. 시야에서 완전히 사라지는 않을 만큼 그들은 은형을 기다렸고, 따라잡았다 싶으면 다시 훌쩍 가버렸다. 한 사람은 은형을 낳은 여자였고 한 사람은 은형이 낳은 여자였다.

"텄다, 텄어."

아무리 가도 선원이 나오지 않자 규옥이 말했다. 그 말에 왠지 마음이 편해져서는 셋은 아예 등산을 온 사람들처럼 멋진 바위와 멋진 나무를 찾아 사진을 찍었다. 그날 아침 덕숭산을 헤매면서 셋은 이런 사진을 갖게 되었다. 아마도 앞서 걷던 규옥이 뒤돌아서 찍었을, 하은과 은형이 간격을 두고 산길을 걷는 사진. 가슴팍에 슬링 백을 야무지게 가로질러 멘 하은이 할머니를 보며 웃는 사진. 휘어진 소나무에 기대서서 은형이 턱에 텀블러를 받치고 웃는 사진. 드디어 선원 지붕이 보였을 때 규옥이 무릎을 치는 사진.

마애불을 쓸던 할아버지가 다시 선원 마당을 쓸고 있었다. 셋이 한참 헤맨 걸 아는지 모르는지 그는 태연하게 요사채를 가리켰다. 안으로 들어가니 템플스테이 일행이 한 스님을 중심으로 둥그렇게 둘러앉아 있었다. 그 스님은 우리의 지현스님이 아니었다.

"남자 스님이시네."

하은이 은형에게 속삭였다. 눈앞엔 유명한 큰스님이 앉아 있었다. 눈썹까지 하얗게 센 스님은 암 투병 시절을 얘기하는 중이었다. 한때 말기 암 환자였다는 게 믿기지 않을 만큼 스님은 강건해 보였고, 더없이 안온하고 인자하게 사람들과 눈을 맞추고 있었다. 유머러스한 노부인과 규옥은 스님의 말에 완전히 빠져들었고 플리스 남자도 크게 감복한 표정이었다.

은형은 고양이와 사는 여자에게 물었다. 스님 어디 가셨느냐고. 우리의 담당 스님. 지현스님. 여자는 모르겠다는 듯 고개를 젓고는 다시 큰스님의 말씀에 집중했다. 십몇 해 전인가 이십몇 해 전인가, 큰스님께선 위아래로 피를 쏟는 말기의 몸으로 미국으로 건너가셨다. 아무도 모르는 곳에서 누구에게도 짐이 되지 않고 죽겠다는 생각으로. 스님은 그러는 중에도 주력 수행만은 놓지 않으셨고…… 그 큰 미국 땅에서 스님을 알아본 신도를 만나셨고…… 그 모든 과정 끝에 지금은 누구도 흔들 수 없는 서사를 가진 큰스님이 되셨다.

은형도 사실 이런 이야기에 잘 사로잡혔다. 죽음의 고통 앞에 다다랐던 분 앞에서 어떻게 겸허해지지 않을 수 있겠는가?

산문은 오전에 이미 닫혀 선원 어디에도 사람들은 보이지 않았다. 템플스테이 팀이 정말 마지막 객인 듯했다. 선원 뜰에서 일행은 한 사람씩 돌아가며 큰스님과 사진을 찍었다.

"세상에, 수행의 힘이 얼마나 대단하니. 말기 암을 이기게 하고."

규옥이 큰스님을 바라보며 말했다.

"엄마, 스님이 병을 고친 건 존스홉킨스병원에서 치료를 받아서야. 이건희가 암 치료 받은 데, 존스홉킨스."

그렇게 말했지만 은형도 어쩌면 수행의 힘이라고 생각했다. 그는 수행력이 깊은 선승이었다. 당대의 덕망 있는 선지식이었다. 역사에도 길이 남을 것이다. 규옥이 우리도 사진을 찍자고 했다. 은형은 규옥과 하은만 보내곤 그대로 있었다. 큰스님 옆에 서서 웃을 기분이 아니었다. 은형은 그것만은 하고 싶지 않았다.

휴대폰을 들고 서서 은형은 곧 안거에 들어가는 선원 창호만

처다봤다. 일행은 이미 지현스님과 작별 인사를 한 것인지 얼굴에 아쉬움이 없어 보였다. 마지막 인사라도 하고 싶어 문자 메시지 창을 열었지만 은형은 메시지를 보내지 못했다. 망설이고 망설였지만 전화를 하지도 못했다.

선원에서 나오기 전, 템플스테이 팀은 뜰에서 다 같이 단체사진을 찍었다. 일행이 나갈 수 있도록 큰스님이 곁문을 열었다. 사람들은 고개를 숙이고 한 사람씩 작은 문을 빠져나갔다. 은형은 계속 뒤를 돌아보다 맨 끝으로 나왔고, 은형이 마지막으로 나오는 동시에 기해년의 산문은 모두 닫혔다.

일요일이라 선원 밖 돌계단 길엔 등산객들이 줄을 이었다. 가파른 계단을 한참 걸어 내려간 뒤에야 은형은 손이 허전한 걸 깨달았다. 머릿속이 하얗게 타오르기 시작했다.

"엄마, 하은이랑 먼저 내려가. 나 텀블러 찾아서 따라갈게."

은형은 등산객들을 밀치며 돌계단을 뛰어 오르기 시작했다. 기대와 절망이 교차하는 각성 상태 속에서 은형은 숨도 안 쉬고 계단을 뛰어올랐다. 규옥과 하은이 큰스님과 사진 찍는 걸 볼 때만 해도 은형은 텀블러를 들고 있었다. 언제 손에서 놓은 것일까. 일행이 나온 곁문은 굳게 잠겨 있었다. 은형은 선원 담을 따라 돌아가면서 문들이 나타날 때마다 흔들었다. 동안거 준비가 끝난 선원 안에선 어떤 기척도 느껴지지 않았다. 담이 낮아지는 쪽에 다다라 은형은 걸음을 멈췄다. 측면 네 칸, 정면 일곱 칸, 선원 전각이 눈에 들어왔다. 창호를 칸칸이 훑어가다 은형은 돌 기단 위에서 시선을 멈췄다. 기단 귀퉁이 위에 빨간색 물체가 놓여 있었다.

그것은 분명히 은형의 텀블러였다. 은형의 것이었다.

은형은 담 밖에 선 채로 담 안을 바라봤다. 바라보고 또 바라봤다. 손을 뻗으면 닿을 것 같은데, 손에 잡히진 않으리라는 감각이 전해져왔다. 아주 분명한 감각이었다. 숱하게 되찾아 왔지만 마침내는 잃어버린 것이다. 다음 계절이 와도 그것을 다시 찾지는 못할 거라고, 알아차리면서도 받아들이지는 못한 채로, 은형은 망연하게 서 있었다.

규옥에게 전화가 오고서야 은형은 발길을 돌렸다. 돌계단 길 중간에 규옥이 혼자 서서 은형을 기다리고 있었다.

"하은이는?"

은형은 다짜고짜 물었다.

"사람들이랑 먼저 내려갔지."

"애를 혼자 보내면 어떡해? 내가 없으면 엄마가 챙겼어야지!"

은형은 규옥에게 갑자기 성을 냈다.

"걔가 혼자 갔니? 사람들이랑 내려갔다니까."

내려가는 동안 은형은 한마디도 하지 않았다. 나란히 걷다가 규옥이 은형을 힐끔 보았다.

"네 나이 때가 나는 그렇게 재미있었다. 마흔 막 넘었을 때.

어디를 놀러 가도 신이 나고. 뭘 먹어도 맛있고. 딱 좋을 때야."

은형은 대꾸를 하지 않았다.

"지금 같은 세상에, 마음만 먹으면 얼마나 재미난 게 많니. 좋은 게 좀 많아."

은형은 걸음을 늦췄다. 다리에 힘이 풀리는 것 같았다. 잠깐 잊고 있었던 것이다. 규옥과 자신 사이엔 어떻게 해도 좁힐 수 없는 거리가 있다는 걸. 나와는 너무도 다른 사람이었지, 당신은. 어떤 선택을 해도 당신에겐 온전한 이해도 지지도 받지 못할 거라고, 은형은 그렇게 생각한 시간이 길었다. 어쩌면 아직까지도. 여전히.

범종각 앞쪽에 하은과 일행이 서 있었다. 고양이와 사는 여자가 하은에게 휴대폰 속 사진을 보여주고 있었다. 노부부가 기특하다는 표정으로 하은에게 무슨 얘기인가를 했다. 초딩 때 11을 기다린 여자도 무슨 말 끝엔가 씩 웃었다. 은형과 규옥이 오자 일행은 하은을 잘 보호하고 있었다는 듯 자연스럽게 흩어졌다. 안도감과 허탈감이 동시에 밀려와 은형은 자리에 주저앉았다.

"얼굴 익을 만하니까 헤어지네요."

누군가가 말했고 템플스테이 팀은 그렇게 각자의 집으로 출발했다. 아마 다시 보진 못하겠지. 다들.

일요일 오후의 서해안고속도로를 달려 규옥을 내려주고 집에 돌아오니 늦은 저녁이었다. 익숙한 공간으로 돌아오고 나니 몇 시간 전만 해도 덕숭산을 헤매고 있었다는 게 은형은 실감이 나지 않았다. 그래서 SNS를 뒤적였는데…… 템플스테이 단체 사진이 누군가의 인스타그램에 올라와 있었다. 피드를 내려보니 초딩 때 11을 기다린 여자가 올린 것이었다. '#수덕사 #수덕사템플스테이'라는 해시태그를 달고 있는 사진엔 규옥과 하은과 은형이, 얼굴에 수심이 촘촘한 플리스 남자가, 노부부 가족이, 휴대폰에 고양이 사진이 가득한 여자가, 결혼을 약속했다는 어떤 남녀가 웃고 있었다. 일행 뒤로는 모래색 돌 기단이, 그 위로는 일곱 칸 선원 전각이 펼쳐져 있었고 보이진 않지만 창호의 어느 칸엔가는 그들을 담당했던 스님, 은형에게 먼저 간다는 메시지를 보낸 스님이 있을 것이었다. 사진 속에서 은형은 텀블러를 들고 있지 않았다.

월요일 아침이 되어 하은은 학교에 갔고 오후가 되어 학교에서 돌아왔다. 은형이 규옥에게 전화를 걸어 피부 반점이 어떤지를 묻고 났을 때 하은이 책가방에서 빼빼로 한 통을 꺼냈다.

"엄마. 아까 11시 11분에 뭐 하고 있었어?"

은형은 멍한 표정으로 하은을 쳐다봤다. 아무리 되짚어보려고 해도, 그 시간이 어떻게 지나갔는지 은형은 기억나지 않았다.

작가 노트

소설을 쓰는 동안 일운스님의 사찰 음식 책을 자주 펼쳐 보았습니다. 무를 많이 먹으면 속병이 없다는 말이나 초겨울 미역이 다르고 늦봄의 미역이 다르다는 말을 읽으면 그날은 왠지 글이 잘 써졌습니다. 묵에 쌀가루를 묻혀 들기름에 구워 먹는 방법도 있다는 걸 알게 되었고 스님들은 외출을 할 때 살짝 적신 누룽지를 식사로 대신하기도 한다는 것도 알게 되었습니다. 엄마 둘에 딸 둘인 세 명의 여자가 초겨울에, 초겨울 음식이 있는 곳으로 하룻밤쯤 다녀오면 좋겠다고 생각했습니다.

아리아드네 정원

손원평

손원평

2016년 장편소설 『아몬드』로 창비청소년문학상을 수상하여 등단했다. 장편소설 『서른의 반격』 등이 있다.

늙은 여자가 될 생각은 없었다. 하루하루 살아 오늘날에 도달했을 뿐이다. 가끔씩 민아는 자신의 20대를 떠올려본다. 그때 봤던 소설들, 영화들, 드라마에 나왔던 생기발랄한 주인공들과 나이가 같았을 때. 그땐 누가 봐도 민아가, 민아의 세대가 세상의 주인공이었다. 오늘의 다음 날은 두근거리는 미지의 내일이었다. 노년은 하물며 떠올려볼 수조차 없었다. 기껏해야 민아가 그릴 수 있는 먼 미래는 적당한 소음이 들려오는 평화로운 해변을 닮아 있었다. 그 안에서 민아는 젊음의 생기는 사라졌으나 여전히 아름다운 얼굴로, 누군가와 주름진 손을 다정히 맞잡은 채 먼 수평선을 바라보고 있었다.

그러니까 지금과 같은 오늘은 자신과 전혀 상관없는 타인의 것이어야 했다.

자동 음성이 단조롭게 건강지표를 읊어주었다. 비타민 D가 부족하다는 일괄적 조언이 끝나기 무섭게 커튼이 열리고 그 사이로 날카로운 햇살이 방을 채운다. 한때는 영화에서나 보던 미래의 풍경이었으나 이제는 철 지난 구식 기술이다. 갑작스러운 빛의 분사에 바닥도, 벽도, 한 달에 한 번 빠는 하얀 시트도 눈부시게 빛난다.

민아는 천천히 몸을 일으켰다. 움직일 때마다 느껴지는 이 무겁고 뻣뻣한 느낌이 언제부터 육신을 지배했는지 헤아려보려 애쓰지만 기억나지 않는다. 땅으로 들어오라고 손짓하는 중력의 힘을 거스르는 마디마디의 안간힘이 헛되다. 그렇게 오늘도 그녀는 벽 거울에 비친 얼굴을 마주한다. 한 번도 도달할 줄 예상 못 했던, 늙어버린 얼굴이 쌕쌕대며 숨을 뱉어낸다. 이토록 환한 햇살조차 거울에 비친 민아의 주름과 힘없이 얇은 피부를 표백시키진 못한다. 그 점에서는 인공 햇살이지만 현실에 맞닿은 선예도라고 볼 수도 있겠다.

벽 구석에서 모차르트의 선율이 낭랑하게 울렸다. 식사를 알리는 종이다. 음악 소리에 민아의 몸에서 작은 반응이 인다. 그 옛날 학교에서 쉬는 시간을 알리던 종소리도 이 음악이었던가. 혹은 택배 기사가 물건을 던져두는 소리에 이어 작은 아파트에 울려 퍼지던 초인종 소리가 이것이었나. 빈 여행을 갔을 때 쉰

부른 궁전의 여름 음악회에서 본 빈 필하모닉의 앙코르 무대도
이 곡이었던 것 같다. 그땐 모든 게 날아가듯 빨랐다. 걸음도, 호
흡도, 친구의 부름에 고개를 뒤로 홱 젖히는 동작까지도. 지금
의 몸동작엔 녹이 슬었다. 그럼에도 살아 있음을 향한 본능을
이기지는 못한다. 학교와 택배와 쉰부른 궁전을 밀어내고 모차
르트의 선율은 이제 민아의 귀에 꽂히는 순간 입에 침이 고이게
하고 허기가 밀려들게 한다. 끔찍한 본능이다.

　보풀이 잔뜩 인 슬리퍼가 바닥을 느릿느릿 스친다. 민아의 발
걸음은 무겁지만 속도가 더 줄어들지는 않는다. 식사 시간을 지
키지 못하면 밥을 먹지 못한다. 그것이 민아가 살고 있는 유닛
D의 원칙이다. 유닛 A, B, C와 마찬가지로 유닛 D 또한 각 지
역에 골고루 존재한다. 노인 인구가 전체 인구의 절대다수를 차
지하는 현대사회에서 유닛의 존재는 필연적이다. 민아가 머무
는 유닛 D의 정식 명칭은 '아리아드네 정원'이다. 각각의 유닛
엔 다채로운 이름들이 있고 그 누구도 유닛을 대놓고 A, B, C,
D로 부르지 않는다. 하지만 그 예전 임대 아파트들의 이름이
그랬듯, 아리아드네 정원은 명칭을 듣는 순간 D 등급으로 각인
되는 곳이다. 한때 민아는 결혼 시장에서 꼽는 최상위 회원 등
급에 속했다. 그러나 지금은 최하위인 F 등급보다 겨우 한 등급
높은 유닛 D의 구성원일 뿐이다. 어느새 들어버린 나이처럼 삶
의 지표와 등급도 숱한 날들을 거쳐 그렇게 되었다.

그렇지만 오늘 민아의 기분은 그렇게 나쁘지 않다. 그녀에겐 기다리는 일이 있다.

　오로지 노인들로 구성된 식사의 풍경은 결코 조용하지 않다. 그들이 빚어내는 소리는 활기가 아니라 소음에 가깝다. 나이라는 놈은 행동에 깃든 조심성을 앗아간다. 엄청난 집중과 자각 없이는 조용히 민첩하게 움직이는 게 불가능해진다. 몸이 둔해지기도 하거니와, 스스로의 소리를 잘 듣지 못하기 때문이다. 시끄럽게 부딪히는 식기 소리, 부주의하게 쩝쩝대는 소리, 곳곳에서 몸 안에 삭인 가래침을 끌어내 뱉는 소리가 식욕을 떨어뜨릴 법도 하지만 노인들은 아랑곳하지 않고 밥을 먹는다. 유닛 A에서는 이런 일을 거의 경험하지 못했다. 유닛 B로 이주했을 때도 소수에게서만 이런 모습을 보았다. 그러나 이 풍경은 유닛 C에서 확대돼 유닛 D에서는 보편을 이룬다. 민아는 이제 소음 속에서 매일같이 일어나는 유치한 싸움, 편향된 이야기들, 자잘한 험담과 싸움의 끝에 종종 발생하는 폭력을 목격하는 것에마저 익숙해졌다.
　식당 테이블 위에는 이미 음식이 담긴 식판이 배열되어 있다. 음식의 양에 따라 구획이 나뉘므로 자연스럽게 남자 노인과 여자 노인이 구분된다. 민아는 가장 안쪽 테이블을 향해 부지런히 몸을 움직였다. 그곳이 '진짜 햇빛'을 받을 수 있는 몇 안 되는 곳이기 때문이다. 하지만 엉덩이를 내려놓기 직전 누군가가 맞은편에 털썩 앉아 햇빛을 절반쯤 채 갔다.

"시끄러운 노인네들…… 아침부터 재수 없어 죽겠네."

꼬장꼬장한 목소리로 말하는 건 지윤이다. 지윤은 건너편 노인들을 흘겨보며 얇고 주름진 입술을 오물거려 그들이 싸우게 된 사사로운 경위를 구구절절 설명하기 시작했다. 말끝마다 노인네 운운하는 걸 볼 때면 자기는 늙지 않았다고 생각하는 것인지 의아하기도 하다.

지윤은 민아와 같은 층, 바로 옆방에 머문다. 처음에는 유닛 D에 와서 누군가를 사귈 수 있어 좋았다. 둘은 나이도 같았고 닮은 점도 많아 보였다. 민아가 U2의 내한 공연에 갔었다고 말하자 지윤은 영국에서 오아시스의 공연을 본 적이 있다고 했다. 둘은 같은 지역권의 대학에 다녔고 공통의 문화와 가장 최근의 세기말을 경험했다. 그래서인지 지윤과 나누는 대화들은 민아에게 큰 위안이 됐다. 그러나 얼마 지나지 않아 민아는 지윤이 버거워지기 시작했다. 지윤에게 취향과 개인적인 역사를 털어놓은 것도 후회가 됐다. 공통점은 딱 거기까지였다. 그 뒤로, 그러니까 30대 중반부터 지윤과 민아의 삶은 전혀 다른 궤적을 그리며 멀리멀리 벌어지다가 불현듯 이곳 유닛 D에서 기괴한 접점을 이룬다.

지윤과의 대화는 과거 지향적이었고, 감추려는 기색도 없이 드러나는 그녀의 우월 의식은 상상을 초월했다. 남편과의 연애사, 풍족했던 결혼 생활, 공들인 아이들의 사교육, 부동산과 주식을 통해 일군 자산에 대한 얘기들은 민아와는 전혀 다른 세상에 속하는 재미없는 동화 속 이야기 같았다.

민아는 결혼도 출산도 하지 않았다. 그래도 자부심을 갖고 성실하게 직장 생활을 했다. 회사는 서울의 중심가에 있었으나 오피스텔에서 시작한 민아의 집은 점점 서울과 멀어졌고 퇴직이 가까워오던 어느 해 민아는 느지막이 수도권에 작고 오래된 아파트를 마련해서 살기 시작했다. 늦기 전에 결혼을 했더라면, 큰 빚을 감당하고 악착같이 중심지의 집을 일찍 사두었다면 모든 게 달라졌을까. 민아는 반평생 자신이 가보지 않은 삶이 혹시 정답이 아니었을까 하는 의문과 회한에 시달렸었다. 지윤을 만나 다행한 점은 인생에 정답 같은 건 없다는 사실을 알게 됐다는 것이다. 지윤에겐 미안했지만 사실 그건 꽤 큰 안도감이었다. 모두가 부러워했을 법한, 권해지는 삶을 산 지윤도 결국 유닛 D에 있지 않은가.

부모님이 돌아가시고 나자 하나 있는 동생과도 자연스럽게 멀어져 민아는 가족이 없는 것과 다름없는 상태가 되었다. 퇴직후 이런저런 소일거리로 생계를 유지하기도 했지만 민아의 작은 아파트에서 나오는 연금은 긴 노후를 보장하기에 충분치 않았다. 민아는 자발적으로 유닛에 들어왔다. 오랜 기간 계획하고 준비했던 바였으므로 첫 시작은 당연히 유닛 A였다. 유닛 A에서의 생활은 쾌적했고 구성원들은 최상위의 부유층까지는 아니더라도 점잖고 문화적이었다. 정부 보조금이 나왔지만 사비도 적잖이 들었다. 민아는 아무리 못해도 유닛 B가 삶의 종착지일 거라 생각했다. 예상보다 긴 수명이 자신을 유닛 D까지 내려오게 할 줄은, 전혀 예상치 못했다. 그 점에선 어쩌면 지윤이 민아보다 더한 절망감을 느낄지도 모른다. 그럼에도 지윤과 함께 있노라면 민아는 자주 참기 힘든 감정에 휩싸이곤 했다. 고작 자신에게 서글픈 우월감을 느끼는 지윤이 애처롭기도 하고 짜증스럽기도 했다.

자신의 말에 민아가 별 반응을 보이지 않는다는 것을 눈치챈 듯 지윤이 민아의 얼굴을 유심히 살폈다.

"무슨 좋은 일이라도 있어? 얼굴 표정이 다르네."

떠 묻는 말에 민아는 아니라며 밥을 입으로 가져갔다. 물론 포기할 지윤이 아니었다.

"Tell me. What makes you so *thrilled*?"

지윤이 영어로 속삭였다. 원어민의 발음까진 아니지만 어려서부터 영어를 배운 티가 나는 억양과 말투다. 결혼 후 남편과 미국에 3년이나 살았던 지윤이니 이상할 것도 없다. 그러나 지윤이 영어로 말한다는 건 좋지 않은 징조다. 그 뒤에 일어날 행

동의 패턴이 예상되기 때문이다.

"Oh I see, *They're* coming."

'They'에 강조를 두며 지윤이 묘한 표정으로 말을 이어갔다.

"응. 오랜만이지." 아무렇지 않게 대답한 민아의 말에 지윤의 얼굴은 구겨진 듯 주름으로 가득 찼다. 지윤은 불길한 징조를 예고하는 황야의 마녀처럼 이를 갈았다.

"내가 말했지, 걔네 절대로 들이지 말라고. 그 애들 믿으면 안 된다고."

칼칼한 목소리로 으르렁대는 지윤의 탁한 눈에 형형할 정도로 물기가 차올랐다. 슬픔이나 서러움 따위를 대변하는 물기는 아닐 것이다. 그저 어떤 감정인가가 고양됐을 때, 그 격앙을 표현하는 눈빛일 뿐이다. 경계가 흐릿해진 눈동자가 번들거리며 작은 각도로 쉴 새 없이 움직였다. 휴게소에서 이따금씩 오페라가 흘러나오면 지윤은 먼 곳을 보며 작은 목소리로 오페라를 따라 부르곤 했다. 민아는 지윤이 살랑거리는 원피스를 입고 누볐을 예쁜 집을 떠올렸다. 거실에서 한강을 내려다보며 푸치니의 오페라를 이태리어로 따라 불렀을 지윤을.

"밥 먹어. 많이 남았네."

말을 자르기 위해 던진 말이 지윤의 화를 돋운 모양이다. 다음 순간 감자조림이 날아왔다. 민아의 뺨에 간장이 길게 흘러내렸다. 식판이 엎어지고 밀려난 테이블에 부딪힌 명치끝이 얼얼

했다. 어느새 일어난 지윤이 밥상을 내리치며 고래고래 소리를 지르고 있었다. 영어로 된 욕과 저주의 말이 실내를 울렸다. 경보가 작동됐고 AI 로봇이 다가와 지윤을 연행하다시피 끌고 갔다. 민아는 로봇에게 결박된 채 끌려가는 지윤의 모습을 외면했다. 그리고 묵묵히 꺼끌꺼끌한 밥을 씹었다.

방으로 돌아오는 길에 민아는 민원 담당 AI를 호출해 지윤의 일을 보고했다. 민원실이 없어도 음성으로 언제든 호출하면 홀로그램 AI가 나타난다. 구성원 실태 파악에 도움이 되는 민원을 넣으면 생활평가지수인 RU가 올라가기 때문에 소소하더라도 잊지 않아야 한다. RU는 단순히 생활평가지수일 뿐 아니라 현금처럼 사용이 가능하므로 RU를 모으는 건 아주 중요한 일이다. 하지만 유닛 D의 구성원들은 그런 일에조차 부지런하지 않다. 그들에게 익숙한 건 무기력과 대상 없는 책망뿐이다.

접수와 사실관계 평가가 순식간에 이루어졌고 공중에 동동 뜬 가상의 AI는 민아의 생활평가지수가 0.3점 올라갔다고 보고했다.

"민아님은 참 성실하신 것 같아요. 이렇게 알뜰하게 RU를 축적하는 게 보통 어려운 일이 아닌데, 아주 꼼꼼하시잖아요."

민아는 낭랑한 AI의 목소리에 비아냥거림이 섞여 있다고 느꼈다. 유닛 B에서 기증받은 오래된 감정형 AI인데 가끔 엉뚱한 소리를 새어 낸다. '그래 봤자 프로그램일 뿐'이라는 생각으로 위안 삼기엔 애매한 구석이 있었다. 하자가 있어서 그런 건지 의도적인 건지 헷갈리는 게 썩 상쾌한 기분은 아니었다.

"민아님, 손님이 와 계십니다."

지나가던 사무원 AI가 말을 붙였다. 그 말을 듣는 순간 민아의 가슴속에 반가움이 퍼져나간다. 지금 민아에게 이런 기분을 선사할 수 있는 건 오로지 그 아이들뿐이다. 삽시간에 나른한 권태를 벗어던진 민아의 발걸음이 급해진다. 복도 끝에 위치한 방문이 살짝 열려 있고 그 사이로 빛이 새어 나온다. 민아는 기쁜 마음으로 무거운 방문을 밀었다.

"오셨어요?"

빛의 풍경 안에서 유리와 아인이 자신을 바라본다. 빛을 등지고 앉은 유리와 날렵하게 서 있는 아인. 그 애들이 아름다운 구도의 그림처럼 민아를 지켜보고 있다.

민아는 배급받은 로즈메리 티백을 낡은 찻잔에 넣고 뜨거운 물을 부었다. 아이들의 존재만으로 방은 무채색에서 화사하게 바뀐 듯했다. 핑크색 바탕에 금색 줄이 그어진 도톰한 라운드 티를 입은 유리가 뜨거운 찻잔을 조심스럽게 받아 들었다. 허리까지 내려뜨린 유리의 구불구불한 머리는 빛이 닿으면 회갈색으로 변한다. 초승달을 닮은 아인의 눈은 밤의 바다를 연상시켰다.

민아는 언뜻 자신의 체취가 코로 스며들어 신경이 쓰였지만 다행히 아이들은 괘념치 않는 것 같았다.

"지난번 성당 얘기는 잠이 안 올 정도로 재밌었어요." 유리가 차를 홀짝이기도 전에 입을 열었다. 거두절미하고 본론으로 들어가는 젊음이 싱그럽다.

"거리에서 타로점을 보다가 만난 남자와는 다시 만나셨어요? '운명이라면 다시'라고 말했다던 그 남자 말이에요. 어찌나 설레던지 뒷얘기를 상상하느라 그날 밤 잠을 못 잤다니까요."

"재촉하지 마. 할머니 놀라시겠다." 아인이 유리에게 미소 띤 핀잔을 줬다. 그러곤 끝에 자기들의 언어로 무어라고 덧붙였는데 그 말을 듣자 유리의 눈동자가 미세하게 흔들렸고 무언가를 망설이는 듯한 표정이 됐다. 혀에 뜨거운 감자를 넣고 굴리는 것 같은 발음과 타다다 짧게 끊어지는 된소리가 가득한 그들의 언어는 민아에게는 이해할 수 없는 음악에 더 가깝다. 아인의 말을 간단한 몇 마디로 쳐낸 유리가 반짝이는 눈빛으로 민아를 바라보았다.

"그래도 듣고 싶어요. 할머니의 사랑 얘기는 너무 재미있거든요."

유리는 민아의 이야기를 좋아했다. 성실한 청자인 유리가 민아의 이야기에 귀 기울이고 있노라면 아인은 조용하고 세심하게 방을 정리했다. 아이들이 오면 작은 방 안은 전적으로 민아의 공간이 된다. 손님을 초대한 주인이 된 기분. 조금은 중요한 사람이 된 것 같은 느낌. 아이들은 민아에게 그런 기쁨을 선사했다.

민아의 레퍼토리 중에서 유리는 단연 사랑 얘기를 가장 좋아했다. 몇 번이고 같은 얘기를 들려줘도 상관없다고 했다. 민아에게도 사랑 없는 인생은 무의미하다고 생각했던 시절이 있었다. 그래서 민아는 그녀가 거쳤던 여러 번의 사랑을 이야기로 꾸며 들려주곤 했다. 그 끝은 언제나 아름다웠다. 배신이나 치졸함, 바닥을 치는 얼룩진 인간관계는 없었다. 민아의 사랑은 드라마틱했고 운명적으로 시작해 여운을 남기며 끝났다. 자연스레 세월에 용해되어 지평선 아래로 잠기는 붉은 태양처럼 말이다. 사랑은, 모름지기 과거가 된 사랑은 아름다워야 했다. 적어도 이야기 속의 사랑은 그래야 했다. 그렇게 오늘도 민아는 이야기를 시작한다.

"그래서 난 사그라다 파밀리아 성당의 회색빛 계단을 올라갔지. 그날따라 사람이 없었단다. 믿어지니? 그렇게 사람이 미어 터지는 관광지인데도 이상하게 그날따라 인적이 드물었어. 그 좁은 계단을 나 혼자 올랐으니까. 돌고 돌다 보면 물레를 돌리는 마녀의 방이 나타나는 건 아닌가 생각되는 끝없는 계단이었지. 하지만 계단의 끝에 다다르자 멋진 풍경이 펼쳐져 있었어. 그리고 거기, 그가 서 있었단다."

민아의 눈앞에 완공되기 한참 전의 사그라다 파밀리아 성당, 둥글게 굽이치는 나선형 계단이 떠올랐다. 철없이 반짝이는 풍족한 시절이었다. 바람에 날리던 선한 얼굴. 이지적이면서도 부드러웠던 인상. 로맨틱하고 격정적이었던, 낮처럼 환했던 그와의 밤. 여러 대륙에 걸쳐 섞인 피를 가지고 있어 자신은 무국적자라고 했던 묘한 남자······. 지금도 그 숨결이 피부에 닿듯 생생해 민아는 긴 호흡을 내뱉고 말았다.

꿈결 같은 눈빛의 유리 뒤로 아인이 유리창을 닦는 모습이 보였다. 불현듯 아인이 오랜 기억 속의 남자와 닮았다는 생각이 들자, 민아의 의식은 단번에 현실로 돌아왔다. 사실 그 남자의 이름조차 정확히 기억나지 않았다. 그러자 갑자기, 빛바랜 머리칼과 흐려진 눈동자로 사랑을 얘기하고 있는 자신이 탐욕스럽게 느껴졌다.

아인이 닦고 있는 유리에서 뽀드득 소리가 났다. 이중으로 된 유리라 안이 비어 있다. 유리창이 흐린 이유는 그 사이에 낀 먼지 때문일 것이다. 민아는 아무리 닦아도 맑아지지 않는 유리창이 현재의 처지와 비슷하다고 생각했다. 스스로의 얘기에 빠졌을 때는 몰랐는데 유리가 하품을 하고 있었다. 눈을 빛내며 집중한다고 생각했지만 어쩌면 내내 졸린 표정이었던 건지도 모른다. 아인의 얼굴에 언제나 걸려 있다고 느꼈던 옅은 미소도 보이지 않았다. 민아는 서둘러 이야기를 마무리했다. 이 아이들이 자신에게 깊은 호의를 가지고 있다는 믿음은 민아만의 착각인 것일까.

유리와 아인은 유닛에 들러 청소와 말동무를 해주는 복지 파트너다. AI가 대체할 수 있는 일을 하는 사람을, 그것도 20대 중반의 아이들을 만날 기회는 쉽게 주어지지 않는다. 복지 파트너와의 매칭은 신청을 통해 이루어지는데, 신청 절차만으로도 RU 차감이 어마어마하게 크고 성사 확률은 극히 낮다. 특히나 유닛 D에서 매칭이 성사되는 경우는 거의 없다. 그래서 구성원의 대부분은 가뜩이나 부족한 RU를 간식이나 생활용품 구매에 사용한다. 민아는 달랐다. 그녀는 높은 지수의 RU를 들여 신청을 했고 아주 오랜 기간을 기다린 끝에 이 아이들과 연결이 되었다. 기회를 얻기 위해선 과감히 투자해야 한다. 어지러운 인생의 곡선을 달린 끝에 지금은 유닛 D의 구성원일 뿐이지만 이제라도 그렇게 살아야 한다. 기회는 기회를 낳는다. 그리고 이 활기 없는 곳에서 민아는 어떻게든 기회를 찾아내야 했다.

이런 세상이 올 거라고 누가 감히 상상했을까. 불과 몇십 년 만에 이민자의 숫자가 이만큼 늘어나고 단일성의 문화가 완전히 붕괴될 거라고 누가 단언할 수 있었을까. 예상하지 못했던 미래는 아니다. 우려를 섞어 예측하면서도 설마 그럴 리가 있겠나 생각하던 미래였을 뿐이다. 이민 정책이 실패한 여러 나라의 예를 들고, 타 민족의 성향을 언급하며 모두가 강하게 부정하고 반대했다. 그런 의견의 표명이 현실을 막아줄 거라 생각하면서. 어쨌든, 대부분의 현재가 그렇듯 그 또한 오래된 과거일 뿐이다.

언제쯤이었던가. 민아의 눈썹 위로 흰머리가 위협적으로 돋아날 무렵부터였던 것 같다. 저출산 문제는 더 이상 자국민만으로는 해결할 수도 없고 방치해서도 안 되는 상태에 놓이게 됐고 방법은 하나뿐이었다. 국민의 강한 반대에도 불구하고 정부는 위협적인 낙폭의 출산율이 가져올 재앙을 막기 위해 이민자 수용 정책을 펼쳤다. 각국의 이민자가 물밀듯이 유입됐고, 채 적응하거나 구체적인 사회적 대비책을 마련하기도 전에 갑작스레 남북 간 개방이 이루어졌다. 전에 없던 혼돈이 작은 나라를 강타했다. 단일성이 지배했던 유구한 문화가 순식간에 다양한 인종과 계층이 넘실거리는 곳으로 뒤바뀌었다. 이 나라가 늘 그랬듯 모든 변화는 순식간에 일어났다.

아직 젊었던 때, 이런 내용의 글을 신문 기사로 봤다면 어땠을까. 비웃거나, 설마설마하거나, 10초쯤 걱정하고 일상으로 복귀했을 것이다. 그러나 미래는 언제나 상상을 뛰어넘고, 그 시점에서 돌아보는 과거는 아둔하고 순진해 보일 뿐이다.

유리와 아인은 모두 이 나라에서 태어났고 본국에는 한 번도 가보지 못했다. 사실 이 아이들이 본국이라고 부를 만한 곳은 이미 지도상에서 사라진 것과 다름없다. 그러니까 분명 이들은 이 나라의 국민이다. 하지만 아이들의 집에는 본국의 문화가 여전히 남아 있고 가족의 언어가 굳건하게 전승되고 있다. 이 아이들은 그 경계를 넘나들며 살아왔다. 150년 전부터 유럽과 미국에서 숱하게 벌어진 일이다. 그럼에도 불구하고 자국에서의 이런 변화는, 민아에겐 여전히 때때로 낯설다.

"대충 하고 그만둬. 너무 애쓰지 말고……"

말끔히 수건을 개는 아인에게 민아가 말을 던졌다. 아인은 미소를 짓고는 고집스럽게 하던 일을 계속했다. 유리만큼 살갑진 않지만 아인은 성실한 아이다.

"할머닌 우릴 예뻐해주셔서 좋아요. 옆방 할머니는 안 그렇거든요."

유리가 말했다.

"그래?"

부드럽게 되물었을 뿐인데 아인이 동작을 멈췄다. 섬세한 미간에 옅은 주름이 새겨졌다.

"네, 올 때마다 마주쳐요. 어디선가 나타나선 우리 같은 것들을 다 몰아내야 한다고 소릴 지르죠. 꺼지라고 욕을 하고 저주를 퍼붓고, 어딘가에 고발을 하겠다고 으름장을 놓으면서요. 우린 아무것도 잘못한 게 없는데 말이에요. 어떻게 하면 사람이 그렇게 늙을 수가 있는 거죠? 늙으면 다 그렇게 되는 건가요."

214

꽤나 흥분했는지, 말을 마친 뒤에도 아인은 자신의 표현이 결례가 될 수 있다는 걸 깨닫지 못한 것 같았다. 민아는 방 안에 어색한 기류가 감돌지 않기를 바라며 억지로 웃음을 지었다.

"늙으면 어떻게 되는지는 아무도 몰라. 변한다는 걸 빼곤 확실한 게 없으니까. 너희가 본 할머니도 마찬가지야. 이름은 지윤이지만 누구도 이름을 불러주지 않지. 지윤인 가진 게 참 많았었어. 그런데 이제는 그것들이 하나도 남아 있지 않단다. 자기도 모르게 사라져버린 이름처럼 말이야."

말하다 보니 지윤에게 동정심이 일었다. 그 동정심은 이내 비밀스러운 자긍심으로 바뀌었다. 그렇다면 많은 걸 잃은 지윤보다, 적게 잃은 자신이 역전한 건지도 모른다. 그래 봤자 같은 유닛 D 구성원이라는 현실을 잊은 채 민아는 잠깐 그런 생각에 잠겼다. 그러는 동안 아이들은 또 자기들의 언어로 얘기하기 시작했다. 이번엔 꽤 긴 대화여서 한참 동안 민아는 말없이 기다려야 했다.

"그런데 할머닌 꿈이 뭐예요?"

갑자기 아인이 질문을 던졌다. 아인의 입에서 나왔다고 생각하기엔 너무 맥락 없는 질문이었다.

"아, 그러니까, 어떤 꿈을 꾸시느냐고요." 아인이 고쳐 말했다. "요즘 꿈을 많이 꾸신다고 했잖아요."

그렇긴 하다. 노년의 초입에 접어들 무렵에는 그렇게나 잠이 줄더니, 어느 시점부턴가 반등하듯 잠이 점점 많아진다. 자는 동안 민아의 머릿속은 온갖 이미지와 등장인물로 넘실댄다. 잠에서 깨어나는 순간이 그토록 몽롱한 이유는 꿈의 끝자락이 잠을 부여잡고 있어서인지 모른다. 그런데도 꿈의 내용은 거의 기억나지 않는다. 단편적인 이미지들만이 빛바랜 사진처럼 드문드문 떠오를 뿐이다. 잠이 많아진다는 건, 죽음과 가까워졌다는 뜻이 아닐까. 죽음. 완전한 끝. 사실 죽음이야말로 민아의 비밀스러운 꿈이다.

물론 젊어서도 죽음을 생각해본 적은 있다. 현실에서 도망치고 싶을 때, 깊이 절망했던 순간에 누구나 그렇듯 민아도 본능처럼 죽음을 떠올렸다. 지금은 그때와 다르다. 이제 민아에게 죽음은 도피가 아니라 진정한 소망이며 간절한 염원이다.

죽음만큼 계급을 드러내주는 것도 없다. 아주 먼 옛날부터 죽음은 계급을 드러내주는 수단이었고 그 사실은 현대에도 마찬가지다. 하지만 죽음은 진화했다. 전에 없던 몇 가지 형태와 유형이 생겨난 것이다.

최상위 계층은 육체가 소멸된 뒤에도 데이터화된 뇌의 정보를 저장해둔다. 인권 문제가 해결되는 언젠가, 뇌에 저장된 한 인격체의 데이터 전부를 타인의 몸에 USB처럼 삽입해 육체를 옮겨 다니며 영원히 살 수도 있을 것이다. 다행히 21세기 후반

인 현재에도 그 영역은 여전히 미래의 일이다. 현대의 가장 보편적인 죽음은 MO, 한때 안락사라 불리던 죽음이다. 20세기 중반을 거치며 모두가 꿈꾸던 가장 존엄한 죽음의 형태가 보편의 영역 안에 들어온 것이다.

물론 MO에도 일정 이상의 금액, 혹은 가족의 동의가 요구된다. 명분상의 이유는 인권 때문이다. 하지만 예나 지금이나 인권이라는 개념에는 사각지대가 너무 크고 인권을 위해 인권이 유린되는 경우가 종종 일어난다. 1인 가구의 안락사 절차는 까다롭기 짝이 없다. 개인의 죽음이 치밀하게 기획된 살인이 아니라는 것을 증명해줄 사람이 없기 때문이다. 절차를 통과하지 못한, 그러니까 행정 비용과 증빙 가족이 없는 1인 가구는 MO라는 인도적인 죽음의 혜택을 누리지 못하고 전통적인 죽음을 맞이하는 수밖에 없다. 말이 좋아 전통적인 죽음이지, 유닛 F에 수용되어 육체의 소멸을 하루하루 목도하며 추악하게 꺼져가는 원시적인 죽음이다. 그런 죽음이 인류 역사의 대부분을 차지했다는 건 현대사회에서 전혀 위안거리가 될 수 없다.

사실 민아는 정부가 1인 가구의 MO에 강력한 규제를 두는 정책이 국가의 경제를 떠받치는 큰 축을 남겨두기 위해서라는 걸 안다. 죽지 않는 노인들이 버티고 있어야 유닛들이 돌아가고 체제가 보존된다. 죽음은 경제다. 이대로라면 민아는 머지않아 최하 계층의 보호시설인 유닛 F로 흘러들어 갈지도 모른다.

의식 없는 중증 치매 노인, 병자, 타 유닛에서 문제를 일으킨 이들로만 구성된 유닛 F에서의 삶을 상상하고 싶지는 않다. 다른 선택지로는 거리를 떠도는 걸 선택할 수도 있다. 그렇지만 노숙 생활은 과거와 비교할 수 없을 만큼 위험해졌다. 이미 생겨난 지 오래인 슬럼가에서 분노의 표출은 종종 험악한 방식으로 이루어지는데 대상은 거의 여자 노인이다. 그러므로 현 상황에서 민아가 유닛을 떠나는 것은 불가능하다. 꾸역꾸역 하루하루를 버텨내며 민아의 삶은 다음 단계로의 하락을 기다리고 있다. 스스로가 세월 앞에 좀먹어 무너지는 것을 보면서도 목숨을 끊을 용기가 없다는 것이 애통할 뿐이다.

그러나 이 아이들에게 죽음이 꿈이라고 말해서는 안 된다. 그 것만큼은 공을 들인 최후에 누설해야 할 비밀이다.

"할머니의 얘기를 들으면 꿈꾸는 기분이 들어요. 그래서 때로는 부러워요. 저흰 꿈 자체를 박탈당한 것 같거든요." 유리가 말했다.

"우린 섬을 표류하는 방랑자 같아요. 한때는 소박한 꿈을 꾸는 것뿐이라고 믿었어요. 평범하고 인간다운 사회의 구성원으로 학교를 다니고 일을 해서 돈을 벌고 일상에 만족하는 삶을 살면서요. 하지만 가까워졌다고 생각한 순간 꿈은 저만치 달아나 있죠. 여전히 꿈인 채로, 잡힐 듯 눈앞에 아른거리는 상태로요." 아인이 말을 이었다.

"왜 그렇게 생각해. 젊음만 있다면 뭐든 할 수 있지." 민아가 말했다. 딴엔 진심을 담아 한 말이었지만 어쩐지 그 말은 아인을 자극한 듯했다.

"정말로 그렇게 생각하는 건 아니죠, 할머니?" 높아진 아인의 어조에 코웃음이 실렸다. 조금 전까지 차분했던 얼굴에 순간적으로 증오심이 스쳐 지나갔고 다음 순간 봇물이 터지듯 이야기가 쏟아졌다. 이 나라로 오기 전 부풀었던 부모님의 가슴. 대를 넘어서도 주류에 편입되지 못한 채 겉돌던 성장기, 여전히 보이지 않는 계급의 변방에 서 있는 현재, 기계에 밀려난 채 살아갈 미래…….

민아는 눈앞의 아이들을, 젊음을 불안 앞에 하루하루 바쳐내고 있는 두 아이를 바라봤다. 이 아이들이 어릴 때 당했을 수모, 차별 앞에서 눈감았어야 했을 기억, 모른 척 지나치는 것 말고는 스스로를 지킬 수 있는 방법이 없었을 때 느꼈을 절망, 민아는 그런 것이 무엇인지 너무도 잘 알고 있었다. 그렇지만 고개를 주억거려 귀 기울이는 척하면서도 그녀는 속으로 다른 생각을 하고 있었다. 그래도 젊음은 그 자체로 살아 있음이 아니던가. 내게 저 젊음만 있다면 뭐든 할 수 있을 텐데…….

민아의 생각을 눈치채기라도 한 듯 유리가 민아를 물끄러미 응시했다.

"가장 답답한 건 젊다고 뭐든 할 수 있다고 생각하는 거예요.

젊음은 불필요한 껍데기 같아요. 차라리 몸까지 늙었으면 좋겠어요. 남아 있는 희망도 없이 긴 시간을 견뎌야 한다는 건 절망보다 더한 고통이니까요."

언젠가 민아도 속 모르는 어른들의 말에 부들부들 떨고 분노했었다. 그들이 가졌기 때문에 자신이 가지지 못한 것들에 대해 성토했었다. 그런데도 어쩔 수 없이, 젊음이 희미해질 무렵부터는 그런 종류의 불행이 배부른 투정처럼 느껴지기 시작했다. 그렇게 민아는 정확히 자신이 증오했던 어른의 모습이 되어갔다. 달리 말하면 늙어간다는 건 이해할 수 없던 걸 이해하게 되는 과정이기도 했다.

민아는 가만히 고개를 숙였다. 흔들리는 손이 보였다. 옹색하게 주름진 손은 의지와 상관없이 아무 때고 제멋대로 떨렸다. 민아는 다시 고개를 들었다. 유리가 부드럽게 민아의 손을 잡았다. 따뜻하고 촉촉했다. 그녀도, 앞에 있는 두 젊은이도 표류하는 이방인일 뿐이다. 갑자기 이해할 수 없는 슬픔이 몰려왔고 그런 마음은 꼭꼭 감춰왔던 비밀을 새어 나오게 했다.

"풍경만은 아름다웠어."

민아가 중얼거렸다. 그 후의 이야기는 사랑 얘기가 아니었다. 이 아이들에게 처음 들려주는 비정한 얘기들이 두서없이 쏟아져 나왔다. 외국에서 받은 인종차별, 여성으로서 받았던 설움,

일터에서 당한 수모. 부당함으로 얼룩진 현실의 이야기들이었다. 그러나 그런 절망의 시간에도 부조리할 만큼 풍경만은 아름다웠다. 노란 암캐라며 욕지거리를 들었던 이국의 관광지도, 승진에서 밀려난 뒤 몰래 나와 울던 비상구 창밖으로 내다보이던 시린 도시의 전경도. 어쩌면 그 풍경들에서 민아는 희망을 발견했던 건지도 모른다. 삶에 대한 끈을 놓지 않게 했던 희망을. 하지만 유닛 D에서 그녀는 더 이상 그 어떤 아름다움도 발견할 수가 없었다.

민아의 이야기가 막을 내렸다. 어느새 인공 해는 늦은 오후를 알리는 주황빛 햇살로 바뀌어 있었다. 역광의 뿌연 공기 속에 민아를 향해 앉은 유리와 아인의 실루엣이 어두워져 있었다.

"할머니에게서 그런 얘긴 처음 들어요. 저희와는 몹시 다른 분이라고 생각했는데." 아인이 말했다.

"맞아요. 가족 같아요. 어떤 면에선." 유리가 조용히 덧붙였다.

그 말에 민아의 주름진 등줄기에 소름이 돋아났다. 가족. 결국 그 말을 듣고 싶어서였을 것이다. 그 많은 RU를 기꺼이 차감한 것도, 이 아이들이 올 때마다 가슴이 뛰었던 이유도 결국 그 단어로 수렴됐다.

진짜 가족까진 바라지 않는다. 가족 대행 보증이면 족하다. 그거면 민아는 MO 자격을 얻을 수 있다. 가족 대행 보증 계약

이 성립되면 아이들에게도 혜택이 있다. 대출, 의료 서비스, 주거지 제공 등 현재와 비교할 수 없을 만큼의 혜택이 생긴다. 서로에게 편입함으로써, 달리 말하면 유사 가족이 됨으로써 얻게 되는 작은 이익이다. 혹시 이 아이들도 그것을 원하고 있을까. 그렇다면 이 얘기를 어디서부터 꺼내야 좋을까.

희망에 부푼 민아의 귀에, 갑자기 부서질 듯 문 두들기는 소리가 들렸다. 이어서 지윤의 카랑카랑한 목소리가 복도를 울리고 귀를 때렸다.

너희 때문에. 너희가 모든 걸 가져가서, 내가 이렇게 됐어!
너희 때문에!

찢어질 듯한 괴성과 타격이 계속되는 동안 오래된 철제문이 미세하게 덜컹거렸다. 그러다 한순간에 모든 소리가 사라졌다. 적막 속에 방 안은 더 어두워 보였다. 유리와 아인의 표정도 마찬가지였다.

"너무 놀라지 마. 마음이 병들어서 그래." 민아가 변명하듯 말했다.

"아까도 소동을 부렸어. 하루에 두 번이라니, 유닛 F로 강제 이전될 가능성이 더 높아진 셈이지."

"저런 미친 노인네한테는 유닛 F도 아까워요. 아니 사실은 유닛의 존재 자체가……."

중간에 끊겨버린 노래처럼 유리는 말을 중단했다.

"할머니는 저 할머니와 다른가요?" 고요하고 침착하게 아인이 물었다.

"응?" 낯선 말투와 예상치 못한 질문에 민아는 반문하는 수밖에 없었다.

"아니에요. 물론 할머니는 다른 분이죠. 민아 할머니인걸요." 유리가 위로하듯 말했지만 목소리가 불안정하게 떨렸다.

"응. 다르지. 다르고말고." 민아의 대답은 스스로 듣기에도 간절했다. 하지만 말을 마치기도 전 아이들은 또다시 저들의 언어로 수군거리기 시작했다. 이번엔 좀 더 크고 시끄러운 대화였다. 둘의 낯선 언어가 홍수처럼 방을 메웠다. 어느새 대화에서 밀려난 민아는 그림자 속에 우두커니 앉아 있었다. 가만히 기다리고 있는 게 힘들다고 생각될 만큼 긴 시간 동안 해독 불가의 정보가 저들끼리 오갔다. 민아가 이해할 수 있는 거라곤 웃음소리와 자신을 비밀스럽게 곁눈질하는 시선뿐이었다. 어색함이 수치심으로 변했고 수치심이 악감정으로 빠르게 진화했다. 민아는 낮게 눈을 치켜떠 아이들을 훔쳐봤다. 귀 따가운 언어를 내뱉고 있는 건방진 입술들을 노려봤다. 민아는 처음부터 이 아이들의 언어가 싫었다. 그 발화의 방식과 어조가 견디기 힘들었다. 분명 자신의 방인데 쫓겨난 기분이 들게 하는 아이들의 언어가 증오스러웠다. 조금 전 지윤의 고함이 메아리처럼 귀를 울렸다. 그 소리는 귀 안에서 빙빙 돌다 한순간 군중의 함성으로 바뀌었다.

크게 벌어진 입에서 터져 나오는 외침이 환영처럼 민아를 감쌌다. 민아는 너울거리는 깃발 아래 서 있었다. 마지막 사랑이 실패한 다음이었나, 아니면 직장을 잃고 존재감이 땅으로 떨어진 후였던가. 민아는 몰락하고 있었다. 인생에 배신당했으나 여전히 기력이 남아 있던 그때, 외로움과 불안감은 눈덩이처럼 커져갔다. 그 마음은 적의가 되었다. 타인들에게 나라를 잡아먹힐 수 없다고, 재산을 빼앗길 수 없다고 민아는 눈이 붉어지도록 소리 높여 외쳤다. 광장을 꽉 메운 수많은 입이 동시에 같은 구호를 외쳤다. 지윤이 방금 외친 말과 다르지 않았다. 어쩌면 그때 옆에 서 있던 누군가가, 물병을 건네며 동지 의식을 나누던 이가 지윤이었을까.

"할머니." 마침내 유리가 민아를 불렀다. 진지하고 깊은 눈빛이었다.

"사실 알려드릴 소식이 있어요. 고민을 많이 했지만 할머니는 좋은 분이니까 말씀드릴게요."

민아는 속내를 들키기라도 한 듯 황급히 눈길을 들었다. 그 어느 때보다 선량하고 다정하게 유리가 자신을 바라보고 있었다.

"이렇게 할머니를 만나는 건 마지막일 것 같아요. 얼마 전 통보를 받았어요. 이제 더 이상 일하러 오지 않아도 된다고요. 그렇게 됨으로써 저흰 일자리를 잃었죠. 사실상 우리가 일하러 갈 수 있는 데는 몇 군데 되지 않았거든요. 유닛의 노인들은 순수 자국민을 선호하니까요. 그래서 할머니와 매칭이 됐을 때 저희도 참 기뻤어요. 그런데, 이젠 우리의 일이 사라져버리네요, 이렇게 하루아침에 말이에요."

"그래서 아까부터 그 얘길 어떻게 전해드려야 하나 얘기 나눴던 거예요." 아인이 말했다.

"명목상은 그렇지만 저흰 분명히 알아요. 이게 보이지 않는 벽이란 걸요. 하지만 걱정 마세요, 이번만큼은 이대로 가만있진 않을 거예요. 오늘 밤 우린 광장에 모여 유닛의 폐지를 주장할 거예요."

그렇게 말하는 유리의 얼굴이 너무 낯설어 민아는 되묻는 수밖에 없었다.

"그게 무슨 말이지?"

"할머니에게 이런 말씀을 드리게 돼서 죄송해요. 그렇지만 이 시대의 노인들이야말로 가장 많은 걸 누린 사람들이란 건 분명해요. 굴레도 속박도 없이 맘껏 즐기며 살았잖아요. 짊어져야 할 책임이라는 걸 모른 채로요. 그러곤 우리에게 모든 걸 떠넘기고 있죠. 절대다수이고 순수 자국민이라는 몹쓸 긍지로 사람을 차별하고, 욕하고, 고마운 줄도 모르고, 젊은 세대가 자신들을 떠받쳐야 한다고 생각하면서요. 모든 건 그들이 아이를 낳지 않아 생긴 일이에요. 우리의 부모님, 할아버지, 할머니는 이 나라의 문제를 해결하기 위해, 아니 도와주기 위해서 합법적으로 초대를 받았다고 생각했어요. 그런데 보세요, 몇십 년이 지나도록 무언가가 달라지긴커녕 안 좋은 쪽으로만 바뀌어가고 있어요." 유리가 격앙된 숨을 토했다.

"유닛의 존재는 너무나 많은 세금을 필요로 해요. 보세요. 후대를 위해 쓰여야 될 세금이 언제 죽을지 모를 사람들을 위해서 버려지고 있잖아요. 오해하지 마세요, 이렇게 생각하는 건 이민자가 아닌 청년들도 마찬가지니까요. 아니, 오히려 순수 자국민인 그들이 더 노골적이죠." 아인이 우습다는 듯 말했다.

"어쩌면 우린 인종이 아니라, 젊음이라는 이름으로 처음으로 단결할지도 모르겠어요. 유닛을 폐지하자는 주장은 전부터 있어왔지만 저희는 오랫동안 중립을 지켰어요. 애정 어린 일터였기 때문이죠. 이젠 달라요. 화가 난 친구들이 유닛을 습격하고 부술 거예요. 가장 보안이 허술한 유닛 D가 첫 번째 타깃이 될 수 있겠죠. 할머니가 계신 이곳도 위험해질지 몰라요. 민아 할머니만큼은 알고 계셔야 할 것 같아서 말씀드렸어요."

아이들의 입에서 나오는 이야기는 필요 이상으로 생생했다.

점차 커져가는 유닛의 규모와 개수에 대한 우려는 오랜 사회 문제였다. 그러나 민아는 그런 뉴스가 어렴풋이 들려와도 못 들은 척 외면했다.

이름만 정원인 첨탑에서, 실마리도 없는 지옥 같은 미로에서 제일 빠져나가고 싶은 사람은 민아 자신이었다.

그러나 유리와 아인이 받아들이는 유닛은 노쇠한 이들이 점령한 거만한 왕국일 뿐이었다. 그 왕국 안엔 민아와 지윤처럼 밀려난 국민도 존재하지만 누군가가 보기엔, 왕국이라는 이유만으로, 거대하다는 이유만으로 무너뜨리자고 하기에 충분한 이유를 가지는 것이다.

민아는 입술을 씰룩였지만 어떤 말도 나오지 않았다. 하고 싶은 말은 많았지만 어디서부터 어떻게 이야기해야 좋을지 알 수 없었다. 젊었을 때 짊어졌던 고민들, 절망이 낳은 수많은 포기들, 그때의 사회가, 그때의 선배 세대가 남긴 자국과 굴레에 대해 얘기하며 해명하고 싶었다. 하지만 이 아이들에게 그걸 전달하는 건 무의미할 것 같았다. 과거의 자신이 앞선 세대의 얘기에 전혀 동의하지 못했던 것처럼 이 아이들도 마찬가지라는 걸 민아는 알고 있었다.

"할머니만은, 할머니만큼은 우리에게 정말 가족 같은 분이셨어요. 뵙지 못해도 기억 속에 언제까지나 좋은 분으로 남아 있을 거예요." 유리가 덧붙였다. 진심으로 미안하고 고맙다는 눈빛으로.

"그리고 우리에게는 아직도 조금의 시간이 남아 있어요. 그러니까 이제 마지막 얘기를 들려주세요. 멋진 사랑 얘기를요. 현실을 잊을 만큼 아름다운 얘기들을요."

민아는 천천히 입술을 뗐다. 희망은 희미해지고 계획은 붕괴됐다. 그럼에도 민아는 이야기할 수 있었다. 기억나지 않는 간밤의 꿈이 직조되기 시작한다. 언젠가 본 것 같은 아름다운 노을, 어디선가 들은 신비로운 이야기 조각들이 민아의 입을 통해 퀼트처럼 엮인다. 빛에 물든 과거가, 찬란하고 영원한 행복의 이야기가 느릿느릿 쏟아져 나왔다. 그런 얘기라면 언제까지라도 들려줄 수 있었다.

작가 노트

미래는 순식간에 다가와 현재를 점령한다.
늘 우리가 예상하지 못했던 모습으로.

아직은 아니지만, 동시에 이미 할머니가 되어

황예인(문학평론가)

'할머니' 하면 외할머니의 오밀조밀한 생김새나 스웨터에 감싸인 자그마한 몸보다 먼저 떠오르는 이미지가 있다. 왼 손목. 그 위에 일렬로 찍혀 있던 세 개의 점. 간격이 일정한 데다 검푸른 빛깔을 띠고 있어서 전혀 자연스러워 보이지 않았지만 그것이 타고난 점이 아니라 문신이었음을 깨달은 것은 성인이 되고 난 후다.

기억은 잘 짜인 이야기의 형식을 갖추고 있는 게 아니어서 한번 떠오르기 시작하면 순서와 의미를 무시한 채 두서없이 이어지는데, 그럼에도 처음 머릿속에 저장되던 순간만큼은 선명해서 외할머니의 이름을 알게 되었을 때의 기분이 여전히 생생하다. 종달새나 학교 종이 가진 이미지, 혹은 신나서 입꼬리가 휘어지도록 웃을 때 나는 소리. 어린 내가 알고 있던 예쁜 단어들이 그 이름에 달라붙어 있었다.

외할머니와 함께 자란 시간은 이후 비슷한 몸집과 나이대의 여성들이 유독 눈에 잘 들어오도록 이끌었다. 숲 냄새를 풍기며 지하철역 안에 웅크리고 앉아 칡을 팔거나 다리를 절뚝이며 길거리에서 폐지를 줍는 할머니들. 그 모습이 잊고 있던 외할머니에 대한 기억을 불러오고, 그 기억으로 다시 거리의 할머니들을 발견하면서 나는 나이 들어갔다.

언젠가 길거리에서 누군가가 할머니, 하고 부르면 돌아봐야 할 때도 올 것이다. 어린아이였을 때 가지게 된 기억으로, 아직은 젊은 사람의 시선으로, 또 나이 든 여자가 되어, '할머니'가 등장하는 여섯 편의 이야기를 읽어본다.

*

좋아하는 대상 앞에서 자신을 스스럼없이 '할미'라 칭하지만 정작 아직은 젊다고밖에 말할 수 없는 이들에게 할머니란 어떤 존재일까. 이들에겐 반복되는 경험 속에서 감각이 무뎌지고 감수성 또한 흐려질지 모른다는 두려움이 있다. 윤성희의 「어제 꾼 꿈」은 그런 면에서 틀림없는 안도감을 준다.

복지회관 수영장에서 아쿠아로빅을 배우거나 유치원에서 열리는 동시 발표 대회를 구경하러 갔다가 알게 된 시("비가 오면 손가락을 벌려요. 그 사이로 비가 지나가게.")를 기억하면서 비 오는 날 "창밖으로 손바닥을 내밀고 한참 서 있어보곤"(14쪽) 하는 주인공이 알려주는 건 이런 것이다. 늙어간다는 건 한 지점으로 좁혀져 들어가는 게 아니라 다양한 나이대를 통과해가며 그것들을 한 몸 안에 품어가는, 다채롭게 넓어지는 과정일지도 모른다는 사실.

동시에 이 소설은 분명한 슬픔이 있으리란 걸 예감케 한다. 삶이란 원치 않았을뿐더러 생각조차 하지 못했던 사건들—늘 술에 취해 눈이 붉었던 아버지, 그런 아버지를 닮은 전남편, 재혼한 남편의 사고사, 등 돌린 자식들 등—로 이루어진 물살에 휩쓸려가는 것임을 보여주는 방식으로. 여동생의 손녀와 소원을 비는 놀이를 할 때 "할머니가 되고 싶다고 빌었어. 손주가 태어나면 구연동화도 해주겠다고."(33쪽)라고 말하는 주인공의 마음은 할머니가 되지 못했다는 아쉬움보다, 그렇게 되기까지 모든 일들을 겪어온 이의 담담한 회한에 가까울 것이다.

어린 시절 할머니와 함께 살았던 적이 있다면 백수린의 「흑설탕 캔디」가 각별하게 다가올 것이다. 이 소설에는 교통사고로 세상을 떠난 어머니 대신 '나'와 남동생을 돌봐주었던 할머니가 등장한다. 가족들이 다 함께 파리로 건너가 살던 시절,

'나'는 할머니가 그 낯선 곳에서 혼자만의 시간을 어떻게 보냈을까 뒤늦게 궁금해하며 이야기를 쓴다.

젊었을 때에는 피아니스트가 되고 싶어 했고, 죽은 후에는 친척들로부터 '하고 싶은 대로 다 하고 산 여자'라고 평가받는 할머니를 위해, '나'는 오후의 빛이 드리워진 실내에 각설탕으로 쌓아올린 탑이 놓인 장면을 상상해낸다. 그 안에서 할머니는 연인과 함께 앉아 각설탕의 달콤한 맛이 불러낸 어린 시절의 기억에 잠겨 있다. 그러니까 이 장면은 사실의 재현이 아니라 '나'가 할머니에게 주고 싶은 선물이라 할 수 있을 것이다.

그렇다면 작가의 마음은 어떤 것일까? 꿈속에서 만난 할머니에게서 달콤한 냄새가 나자 '나'는 그것이 무엇인지 묻는다. 그 정체를 충분히 알고 있는 것처럼 보이는데도 말이다. 아마 그전까지는 모든 걸 열어 보여주던 할머니에게 이번만큼은 "안 돼. (……) 이건 내 것이란다."(72쪽)라는 단호한 목소리를 주고 싶었던 것이리라. 처음엔 자식들에게, 그다음엔 손주들에게 전부 다 내어주며 살아온 것 같은 할머니에게도 당연히 그만의 영역이 있다는 사실을 우리는 모른 척해왔으니까.

강화길의 「선베드」 속 할머니 역시 '나'에게 어머니의 역할을 대신해준 사람이다. '나'는 요양원으로 할머니를 만나러 가는데, 이때 알츠하이머로 변해버린 모습—기억을 잃어 더 이상 손녀를 알아보지 못하고, 시도 때도 없이 허기를 느끼는 탓에 게

걸스럽게 과자를 먹어치우는—보다 이를 바라보는 '나'의 감정 상태가 훨씬 더 고통스럽게 묘사된다. 할머니와 결부된 '나'의 죄책감과 혼자 남게 되리란 두려움이 무엇보다 앞서고 있는 탓이다.

'나'는 마흔일곱으로 어른이라 하기에 충분한 나이임에도 상대와 거리를 얼마만큼 두어야 하는지 알지 못해 곧잘 무례를 저지른다. 그리고 이를 수습하는 건 친구의 몫이다. '나'는 한때 할머니가 자주 했던 말["너 걔한테 잘해라. 잘해."(89쪽)]이 '나'의 모자람을 탓했던 게 아니라 앞선 걱정이었음을 깨닫는다. 언젠가는 그 친구가 '나'의 보호자 역할을 맡게 되리라는 걸 할머니는 알고 있었던 것이다.

스스로를 미성숙하다고 여기는 이 감정을 '나'의 것이라고만 할 수 있을까? 아침마다 눈뜨는 일이 미루고 싶은 과제처럼 다가오고, 지나온 시간을 돌아보면 결국 내가 나라는 사실에는 변함이 없기에 그 자체가 족쇄처럼 느껴지는 날이 누구에게나 있지 않은가. 그러므로 "이거 참, 어떻게 해야 하나. 어떡해?"(90쪽)라는 말은 아마 꽤 오랫동안 우리가 내뱉게 될 매일매일의 대사가 될 것이다. 내일의 나에 대어본다면 오늘의 나는 언제나 모자라고 어릴 수밖에 없을 테니까.

손보미의 「위대한 유산」에서 할머니는 "어마어마하게 큰 집", 어느 정도로 크냐면 "웅장한 철제 대문을 밀고 한참 동안 정원을 걸어가야 건물로 들어갈 수 있는" 그런 집의 주인으로 등장한다. 그 집의 "현관에는 할아버지, 할아버지의 아버지, 할아버지의 어머니 사진이 각각 걸려"(107쪽) 있는데, 흥미롭게도 이러한 집에는 오로지 여자들만이 머물고 있다. 할아버지에게서 재산을 물려받은 할머니, 아버지가 죽자 어쩔 수 없이 '나'를 데리고 이 집에 들어와 살아야 했던 어머니, 그리고 할머니를 모시며 집안일을 하던 아주머니까지.

여자 어른들은 어린아이였던 '나'에게 다정하거나 친밀한 느낌 없이 뻣뻣한 실루엣으로 남아 있는데 그것은 아마 이런 태도 때문일 것이다. 할머니와 어머니가 "이 집 남자들은 단명하는 게 팔자인가 보다.", "너네 할머니는 정말 부주의한 사람이다."(108쪽, 강조는 인용자)라고 말할 때 느껴지는 완강한 고집, 마치 자신은 이 집에 속하는 사람이 아니라는 걸 강조하는 듯한 뉘앙스 말이다. 또한 여자 어른들은 서로를 밀어내는데, 이는 호칭을 통해 잘 드러난다. 어머니를 "과부"라 부르던 아주머니, 이에 분개하며 아주머니를 "미혼모"라 부르던 어머니를 보면서 어린 '나'는 그 말뜻은 정확하게 파악하지 못하지만 그 음성에 담긴 감정들만큼은 분명히 알아챈다.

성인이 되어 유산으로 물려받은 할머니의 집을 처분하러 돌아온 '나'는 이제 자신의 소유가 되었음에도 "침입자라도 된 것 같은"(116쪽) 기분에 시달린다. 이처럼 한집에 살았지만, 누구도 거기에 속하지는 않았던 여자들의 이야기 속에서 우리가 발견하는 건 텅 빈 가계도인지도 모르겠다.

마침내 그 집이 불길에 휩싸이며 타버릴 때, 이 거대한 집의 주인으로 가계도의 정점에 있던 할머니는 어쩐지 종이호랑이처럼 느껴지는 구석이 있다. 더불어 소멸해가는 집을 바라보는 '나'와 아주머니가 후련해 보이는 건 지나친 감정 이입일까.

최은미의 「11월행」은 기해년 11월의 어느 주말, 예산의 수덕사로 템플스테이를 하러 간 여자들의 이야기다. 나란히 수련복으로 갈아입은 그들에게 스님이 건넨, "엄마 둘에 딸 둘이시네요."(171쪽)라는 말은 얼핏 네 사람을 가리키는 것처럼 들리지만, 실상은 셋이다. 올해 환갑을 맞이한 '나'의 엄마, 수련복 조끼 위로도 슬링 백 메기를 포기하지 않는 '나'의 딸, 그리고 두 사람의 엄마이자 딸인 '나' 말이다.

'나'의 눈에는 딸보다 엄마가 더 훤히 들어온다. 이를테면 엄마가 자주 쓰는 '항암', '항산화' 같은 말이나 엄마의 몸에 돋아나고 있는 원인 모를 붉은 반점 같은 것. 눈에 자꾸 띄는 것은 나와 다르기 때문일까, 혹은 다르다고 믿고 싶기 때문일까.

이 소설에서 유일한 사건은 '나'가 오랜 시간 어디에나 들고 다니던 빨간색 텀블러를 잃어버리는 일이다. '나'는 동안거를 맞이하여 닫혔다가 다음 해 2월에야 열릴 선원의 문 안쪽에 텀블러를 두고 나온다. 마음만 먹는다면 다시 찾을 수 있을 텐데 잃어버렸다고 여기는 마음은 어떤 의지를 보여주는 것일까?

그건 아마도 결심일 테다. 이 소설에서 흥미로운 지점은 '나'가 모르는 '나'의 변화인데, '나'는 엄마에 대해 "나와는 너무도 다른 사람이었지, 당신은."(193쪽)이라고 생각하면서도, 왜 자꾸 검은색으로 된 음식만 해주냐고 불평하는 딸아이에게 "항산화에 블랙 푸드만 한 게 없어."(173쪽)라고 말하며 자신도 모르는 사이에 엄마의 말버릇을 드러내고 있다.

잃어버렸다고 말하는 건 더 이상 찾지 않겠다고 말하는 일. 그러니까 '나'는 앞으로 엄마 쪽으로, 그러니까 할머니 쪽으로 근접해가는 '나'의 시간을 좀 더 분명하게 자각하게 될 것 같다.

손원평의 「아리아드네 정원」은 기억 속 혹은 지금 여기의 할머니가 아닌, 근미래의 할머니를 그린다. 이때 '할머니'는 단어에 담기기 마련인 온기나 질감을 잃고, 그저 사회가 감당하기 어려워진 "늙은 여자"(199쪽)를 지칭할 뿐이다. 노인이 인구수의 절대적 비중을 차지하는 시대, 그들은 각각 A에서 F까지 등급별로 매겨진 유닛들에 속해 관리된다.

결혼하지 않고 나이가 든 주인공은 이 중 '아리아드네 정원'이라는 이름의 유닛 D에서 살아간다. 그는 혹시 결혼을 했다면 지금쯤 다른 미래를 맞이하고 있진 않을까, "자신이 가보지 않은 삶이 혹시 정답이 아니었을까"(204쪽) 자문해보지만, "모두가 부러워했을 법한, 권해지는 삶을 산"(204쪽) 여자 또한 같은 유닛에 속해 있음을 보며 이 생각을 물리친다. 이건 정말 이상한 안도이자 체념이 아닌가. 같은 종착점에 도달한 지금, 서로 다른 선택을 하며 살아왔다는 구분이 무슨 소용일까.

불행은 이것이 전부가 아니다. 작가는 심각해진 노인 문제뿐 아니라 이민자와 세대 문제까지 겹쳐놓는다. 청소와 말동무를 해주러 유닛에 방문하는 20대의 복지 파트너들은 떨어진 출산율을 해결하기 위해 정부가 이민자 수용 정책을 펼치며 생겨난 이들의 자녀다. 바로 그러한 처지 때문에 차별받는 젊은 그들이 말한다. "가장 답답한 건 젊다고 뭐든 할 수 있다고 생각하는 거예요. 젊음은 불필요한 껍데기 같아요. 차라리 몸까지 늙었으면 좋겠어요. 남아 있는 희망도 없이 긴 시간을 견뎌야 한다는 건 절망보다 더한 고통이니까요."(219쪽)

이 이야기를 두고 지나치게 비관적인 예견이라고 말할 사람이 있을까? 시공간을 달리할 뿐, 이미 우리가 느끼고 말하는 바로 그것들이 아닌가.

*

외할머니의 손목에 찍혀 있던 세 개의 점들이 사랑이나 우정을 증명하기 위해 여러 명끼리 새긴 점상 문신이라는 걸 알게 된 건 최근의 일이다. 아마 똑같은 문신을 한 사람이 두 명 더 있었을 것이다. 그들이 누구인지, 어떻게 만났으며 어떤 사이였는지, 또한 아직 생존해 있는지 알 수 없다. 그리고 내가 그동안 만났던 여자아이들—1980년 이후에 태어났음에도 여전히 '여자 희(姬)'를 이름으로 가지고 있고 그 앞에 '누를 진(鎭)'이나 '마지막 종(終)' 같은 한자를 쓰던 친구들—을 통해 새와 종, 신나는 웃음소리를 연상케 하던 이름이 고작 남아 선호 사상의 반영이었음을 이제는 안다.

좌충우돌하며 성장하는 어린 여성들, 연대의 힘을 깨닫고 용감해진 성숙한 여성들. 여기에 나이 든 여성들을 함께 놓을 수 있을까? 틀림없이 우리 곁에 있어왔지만 정확하게 응시된 적은 없었던 여성들 말이다. 이 할머니들의 이야기를 읽는 일은 과거와의 연결이면서 우리의 미래를 알아차리는 과정이 되기도 할 것이다. 우리의 눈에 할머니라는 존재가 이전보다 선명하게 들어오길 바라는 마음으로 아직은 아니지만, 동시에 이미 할머니가 되어 잘 모르는 여자와 조금은 짐작할 수 있는 여자와 결국 내가 되고 말 여자들에 대해 생각해본다.

황예인
2011년『문학동네』겨울호에 평론「언인스톨의 주문을 푸는 두번째 실패」를 발표하며 등단했다.

나의 할머니에게

초판 1쇄 발행 2020년 5월 8일
초판 7쇄 발행 2024년 9월 23일

지은이 윤성희, 백수린, 강화길, 손보미, 최은미, 손원평
펴낸이 김선식

부사장 김은영
기획편집 조세현
콘텐츠개발2팀장 김보람 **콘텐츠개발2팀** 박하빈, 이상화, 채윤지, 윤신혜
마케팅본부장 권장규 **마케팅2팀** 이고은, 배한진, 양지환 **채널2팀** 권오권
미디어홍보본부장 정명찬
브랜드관리팀 오수미, 김은지, 이소영, 서가을 **뉴미디어팀** 김민정, 이지은, 홍수경, 변승주
지식교양팀 이수인, 염아라, 석찬미, 김혜원, 박장미, 박주현
편집관리팀 조세현, 김호주, 백설희 **저작권팀** 이슬, 윤제희
재무관리팀 하미선, 윤이경, 김재경, 임혜정, 이슬기, 김주영, 오지수
인사총무팀 강미숙, 지석배, 김혜진, 황종원
제작관리팀 이소현, 김소영, 김진경, 최완규, 이지우, 박예찬
물류관리팀 김형기, 김선민, 주정훈, 김선진, 한유현, 전태연, 양문현, 이민운
외부스태프 표지·본문 그림 조이스 진

펴낸곳 다산북스 **출판등록** 2005년 12월 23일 제313-2005-00277호
주소 경기도 파주시 회동길 357 2, 3층
대표전화 02-704-1724 **팩스** 02-703-2219 **이메일** dasanbooks@dasanbooks.com
홈페이지 www.dasanbooks.com **블로그** blog.naver.com/dasan_books
종이 아이피피 **인쇄** 북토리 **제본** 다온바인텍 **후가공** 평창P&G

ISBN 979-11-306-2961-2 (03810)

다산북스(DASANBOOKS)는 책에 관한 독자 여러분의 아이디어와 원고를 기쁜 마음으로 기다리고 있습니다.
출간을 원하는 분은 다산북스 홈페이지 '원고 투고' 항목에 출간 기획서와 원고 샘플 등을 보내주세요.
머뭇거리지 말고 문을 두드리세요.